LE SÉRUM DE SURVIE

DÉJA PARUS :

Nº 1 : *Opération « Astrée »*
Nº 2 : *La Terre a peur*
Nº 3 : *La Milice des mutants*
Nº 4 : *Bases sur Vénus*
Nº 5 : *Les vainqueurs de Véga*
Nº 6 : *La forteresse des six lunes*
Nº 7 : *La quête cosmique*
Nº 8 : *Les glaces de Gol*
Nº 9 : *Le traître de Tuglan*
Nº 10 : *Le maître des mutants*
Nº 11 : *Le piège à pirates*
Nº 12 : *L'empereur de New York*

PARUS CONJOINTEMENT
A CET OUVRAGE :

Nº 13 : *L'étoile en exil*
Nº 14 : *Mutants en mission*
Nº 15 : *L'offensive d'oubli*
Nº 16 : *A l'assaut d'Arkonis*
Nº 17 : *La menace des Moofs*
Nº 18 : *La planète piégée*
Nº 19 : *Les méduses de Moofar*
Nº 20 : *Les grottes de Gom*
Nº 21 : *La bataille de Betelgeuse*
Nº 22 : *L'amiral d'Arkonis*
Nº 23 : *Le sérum de survie*
Nº 24 : *Le spectre du surmutant*

K.-H. SCHEER
ET CLARK DARLTON

LES AVENTURES
DE PERRY RHODAN

LE SÉRUM DE SURVIE

ÉDITIONS FLEUVE NOIR
6, rue Garancière - PARIS VIe

Titre allemand :

Jagd nach dem Leben

et

Der falsche Inspektor

Traduction de Jacqueline H. OSTERRATH.

Édition originale parue
dans notre collection « Anticipation » sous le n° 571

ISBN 2-265-01493-1

INTRODUCTION

Lorsque la première fusée lunaire, lancée de Nevada Fields par les Américains, atteignit notre satellite, sous le commandement du major Perry Rhodan, celui-ci découvrit l'épave d'une nef étrangère : un croiseur d'exploration des Arkonides, armé pour la recherche d'une mystérieuse planète dont les habitants possédaient, croyait-on, le secret de l'éternelle jouvence.

Rhodan s'allia avec les Stellaires et, grâce à la supériorité de leurs armes et de leurs moyens techniques, créa sur Terre un Etat autonome, la Troisième Force, capable d'imposer aux deux blocs rivaux, l'Est et l'Ouest, non seulement une paix durable, mais encore une Confédération : les Etats-Unis de la Terre cessaient d'être une utopie.

Mais le croiseur naufragé avait eu le temps d'émettre des S.O.S. qui, captés par des races intelligentes, non humaines, les attirèrent à la curée. Car la décadence rongeait un peu plus chaque jour le Grand Empire des Arkonides, jadis maître des trois quarts de la galaxie : des peuples soumis proclamaient leur indépendance et ne perdaient pas une occasion d'attaquer un adversaire faiblissant.

Pour défendre ses nouveaux alliés et, surtout, Sol III, Rhodan dut se lancer dans la lutte contre ces envahisseurs venus de l'espace. Au cours de combats au large de Ferrol, la huitième planète de Véga, il réussit à s'emparer d'un croiseur de bataille.

Puis, secondé par Thora et Krest, les deux Stellaires, il reprit avec eux la Quête Cosmique, suivant une longue chaîne d'indices qui les rapprochaient toujours davantage, à travers d'innombrables dangers, de la planète de Jouvence.

La partie se joua d'abord dans le système de Véga, sur Gol, globe géant où des créatures lumineuses et malfaisantes mirent l'expédition à deux doigts de sa perte. Puis sur Perdita, monde aride, peuplé, sous les rayons d'un soleil à l'agonie, d'une race de mulots pensants.

Mais à peine un obstacle était-il surmonté qu'un autre surgissait.

*Enfin, à bord de l'*Astrée*, le croiseur reconquis sur les Topsides, Rhodan et son équipage atteignirent leur but : Délos, la planète errante.*

L'Immortel, dont elle était le royaume, ne consentit à livrer son secret qu'à Rhodan seul. Les Arkonides, à ses yeux, n'étaient plus qu'une race trop ancienne ; ils appartenaient au passé.

Devant les Terriens, en revanche, l'avenir s'ouvrait.

Un avenir plein d'embûches, car, pour avoir conclu un traité d'alliance économique avec les Ferroliens, Perry Rhodan a, sans le savoir, lésé les intérêts des Francs-Passeurs, qui s'arrogent le monopole du commerce au long cours de la galaxie.

Ceux-ci, prenant l'offensive, fomentent une révolte des robots, jugulée au prix de très lourdes pertes. Rhodan comprend que, pour vaincre un tel adversaire, il lui faut de nouvelles armes, plus puissantes. L'Immortel seul pourrait les lui donner. Et il les lui donne, en effet — il s'agit de « transmetteurs fictifs » — au terme d'un étrange voyage dans le temps et l'espace, pour sauver de la destruction Barkonis, la planète solitaire, berceau de toute civilisation.

Après de durs combats sur la planète de Goszul, les Terriens mettent l'ennemi à la raison, s'emparent d'un de ses plus récents croiseurs, le Ganymède, et rallient Terrania.

C'est à bord de ce navire que Rhodan se décide enfin à tenir la promesse faite à Thora et à Krest : les ramener à Arkonis. Mais leur joie se change, à l'arrivée, en cruelle déception : prévoyant la dégénérescence inévitable de leur race, les anciens Arkonides ont programmé un robot — un cerveau positronique géant — qui, sous le titre de Grand Coordinateur ou Régent, a pris le pouvoir et relevé l'empereur de ses fonctions. Thora et Krest sont tenus pour suspects ; le Ganymède, pris au piège d'un rayon tracteur, est contraint de se poser sur la cinquième planète d'Arkonis, surveillé par les Naats, humanoïdes à trois yeux.

Grâce au transmetteur fictif qui leur permet de forcer le barrage des forteresses défendant Arkonis, Rhodan et quelques-uns de ses meilleurs hommes gagnent la planète-capitale, qui se révèle triple, composée de trois mondes : l'un pour l'habitation, l'autre pour le commerce ; le dernier est un gigantesque arsenal, siège du Cerveau.

Rhodan obtient une entrevue avec Orcast XXI, l'empereur, qui ne dispose, en fait, d'aucun pouvoir réel et qui lui conseille de rendre visite à l'amiral Kénos, chargé de recruter, parmi les Arkonides encore actifs et les peuples coloniaux, des équipages pour les nefs de guerre remises en service par la Machine. L'amiral fait engager, sous une fausse identité, le commando des Terriens. Leur haut quotient d'intelligence les désigne pour le plus puissant navire de toute la flotte : un cuirassé de la classe « Univers », d'un tonnage double de celui de l'Astrée.

Echappant à la surveillance du Régent et de ses robots de combat, Rhodan s'enfuit avec ce navire et rejoint le

Ganymède, *qui parvient, avec son aide, à s'arracher à l'emprise du rayon tracteur.*

Les deux nefs plongent dans l'hyperespace, pour réémerger au large du système de Woga.

La planète principale, Zalit, est gouvernée par un ambitieux qui rêve de détrôner un jour à son profit l'empereur d'Arkonis. Il accueille favorablement les Terriens : ceux-ci l'aideront, espère-t-il, à vaincre le Coordinateur.

Désireux de gagner du temps, Rhodan ne refuse pas tout de suite l'alliance proposée. Ce délai lui permet de découvrir que les Zalitains ne disposent plus de leur libre arbitre ; leurs projets de conquête et de révolte contre le Grand Empire leur sont imposés à leur insu par les Moofs, des méduses intelligentes et dotées de pouvoirs hypnotiques.

Mais ces Moofs sont, normalement, des créatures paisibles et sans ambition. Pourquoi donc, tout à coup, cette offensive contre l'Empire, par l'entremise des Zalitains ? Les Moofs ne seraient-ils, comme leurs victimes, que des marionnettes dont un troisième larron, demeuré dans l'ombre, tirerait les ficelles ?

Rhodan obtient l'appui du Régent, qu'il a pu convaincre de sa bonne foi en rétablissant à Zalit un gouvernement régulier, fidèle à Arkonis : il va tenter de démasquer ce dangereux inconnu.

De vagues indices le conduisent sur Honur, une planète interdite, mise depuis des siècles en quarantaine. Rien, en apparence, n'y menace les Terriens, qui comprennent trop tard la nature du péril. Une terrible épidémie frappe de folie tout l'équipage. Rhodan n'y échappe que par miracle.

De toute évidence, ce mal a été répandu volontairement. Par qui ? Grâce aux renforts amenés par le colonel Freyt, Rhodan finira par apprendre le nom des coupables : les Arras ou médecins galactiques, instigateurs de la révolte des Moofs. Eux seuls possèdent le sérum pour guérir les sept cents malades qui agonisent à bord du Sans-Pareil.

Rhodan n'hésite pas à lancer une attaque foudroyante contre leur planète-capitale, Arralon. Les médecins galactiques, vaincus, lui livrent le remède sauveur.

Mais les exploits des Terriens et l'importance qu'ils ne cessent de prendre inquiètent le Régent : que celui-ci vienne à découvrir les coordonnées de Sol III, dont le secret a été jalousement gardé, et son premier soin sera de prendre la planète sous son contrôle. Rhodan se sait trop faible pour s'y opposer efficacement.

Il a donc une fois de plus recours à la ruse : lancés sur une fausse piste, les Francs-Passeurs anéantissent, en la prenant pour la Terre, une des planètes de Bételgeuse occupée par les Topsides ; le Sans-Pareil *est également détruit — du moins le semble-t-il — au cours de la bataille.*

Passant pour mort aux yeux des Stellaires, Rhodan a désormais tout le temps voulu pour élever la Terre au rang de puissance galactique ; il ne ressortira de l'ombre qu'au moment où il se jugera capable de traiter avec l'Empire d'égal à égal.

Les années passent. Le stellarque poursuit en paix la réalisation de son plan.

L'intervention soudaine d'Atlan, l'Arkonide venu du passé, menace de tout remettre en question. Mais Rhodan saura se gagner cet adversaire qui deviendra, dans l'avenir, un ami et un précieux allié.

PREMIÈRE PARTIE

L'OISELEUR DE TRULAN

CHAPITRE PREMIER

Le duel qui avait opposé Atlan, l'Arkonide, à Perry Rhodan, venait de prendre fin. Un croiseur léger ramenait l'amiral prisonnier vers Sol III, à 12 348 années-lumière de Denfer. Et, pour la première fois depuis des mois, Rhodan trouvait le temps de consulter les banques mémorielles de la station où s'accumulaient les rapports de ses agents en mission sur la planète Tolimon.

L'appareil égrena d'abord des nouvelles de moindre importance, que le stellarque écouta d'une oreille distraite. Par l'une des baies de la coupole d'acier, seul refuge habitable de ce monde inhospitalier, il regardait le sable du désert brasillant sous l'implacable chaleur d'un soleil qui, sur les tables astronautiques, portait le numéro SZ-2536-K 957.

Denfer en était l'unique satellite : un globe aride et mort, aux frontières du Grand Empire, sans autre intérêt stratégique que sa proximité relative — 81 années-lumière — de Tolimon, seconde de six planètes orbitant autour de Revnur, une étoile de type G. Rhodan y avait fait secrètement construire cette base d'observation.

C'était un an plus tôt, en mai 2039, que l'attention du stellarque s'était portée sur Tolimon. Car, plus que jamais, il estimait prudent de surveiller de près les faits et gestes des Arras. Or ceux-ci occupaient Tolimon, qu'ils avaient transformé en un immense zoo.

Pourquoi les médecins galactiques pouvaient-ils bien avoir besoin d'une telle quantité d'animaux divers ? La réponse s'imposait d'elle-même : ils s'en servaient comme de cobayes pour leurs expériences ! Rhodan avait envoyé deux mutants juger sur place de la situation : John Marshall, le télépathe, et Laury Marten. Ils y séjournaient depuis huit mois et, à leur mission d'intérêt général, en tant qu'observateurs, s'ajoutait une mission d'un intérêt tout particulier pour Rhodan.

Le dernier rapport de Marshall remontait à trois semaines, négatif, hélas ! comme les précédents. Ni lui ni Laury n'approchaient si peu que ce fût de leur but.

Rhodan arrêta le magnétophone, maintenant muet. Il ne pouvait plus qu'attendre. Cette attente serait peut-être longue et d'autant plus angoissante que le temps, justement, lui faisait cruellement défaut.

La vie de Thora, sa femme, et celle de Krest étaient en jeu. Tous deux avaient soudain commencé de vieillir. Les soins médicaux qui avaient jusque-là fait échec au processus de sénescence se révélaient à présent inefficaces. Un nouveau sérum, mis au point sur Sol III, n'avait pas apporté les bienfaits que l'on en espérait. Et sur Délos, le physiotron — cette « douche de jouvence » — était demeuré sans effet sur les deux Arkonides.

Une issue fatale semblait donc inévitable, lorsque des agents des services de renseignements de Sol III apportèrent à Terrania d'étranges rumeurs concernant Tolimon, une planète occupée par les médecins galactiques. S'il fallait les en croire, il existait, dans ce gigantesque jardin zoologique, des êtres défiant les siècles et la vieillesse.

Qu'en était-il de ces rumeurs ? S'agissait-il de bruits sans fondement, de récits merveilleux comme il en avait toujours couru dans tous les ports de l'univers, nés de l'imagination fertile des bourlingueurs d'océan ou d'espace ?

Par amour pour Thora, par amitié pour Krest, Rhodan entendait bien ne laisser échapper aucune chance, si minime fût-elle. Aussi avait-il lancé sur cette piste deux des meilleurs mutants de la Milice.

Les Arras avaient-ils vraiment inventé un sérum dont l'efficacité surpassait du triple ou du quadruple celui en usage à Arkonis ?

Si cette découverte se confirmait, alors Rhodan voulait, coûte que coûte, s'emparer d'un tel sérum. Et, dans cet espoir, il attendait maintenant à Denfer, sous la coupole d'acier de sa base secrète, le rapport annonçant que Laury Marten et John Marshall avaient enfin franchi une première étape sur la route qui, peut-être, les mènerait vers le succès.

CHAPITRE II

Au cœur de la cité populeuse de Trulan, dans la rue du Grand-Mo, Ixt, le Passeur, quitta son luxueux bureau pour passer dans les vastes salles de vente et d'exposition conçues et décorées à la dernière mode.

Un Arra discutait âprement avec deux employés.

— Vous ne parlez pas sérieusement ! Même le plus fieffé usurier n'oserait pratiquer de tels tarifs ! On peut se procurer partout des ghéghérutavis pour deux fois moins cher ! Allons, je suis bon prince : je vous en offre cent quatre-vingts. D'accord ?

Futgris, le meilleur vendeur d'Ixt, adressa son sourire le plus désarmant à l'Arra furieux.

— D'accord... la pièce !

— Le couple ! Le couple qui vaut quarante crédits à Arralon !

Futgris souriait toujours.

— C'est parfaitement exact. Nous faisons justement venir nos ghéghérutavis d'Arralon. Mais vous oubliez les frais de transport sur quelque dix mille années-lumière !

— Une véritable honte ! Vous exploitez la clientèle ! explosa l'Arra, abattant le poing sur l'une des cages où, brusquement réveillé, un hiobargullu se mit à pousser des cris stridents.

L'Arra fit un saut en arrière, fixant d'un regard stupéfait la petite cage dont la taille lui semblait sans commune mesure avec la violence qui en jaillissait.

— Est-ce là un moyen d'intimidation pour contraindre vos malheureux chalands à en passer par vos exigences ? bégaya-t-il lorsque l'animal se fut enfin calmé.

Futgris ne perdit pas une si belle occasion de faire l'article.

— Nous cédons nos hiobargullus à très bon marché. Vingt crédits chacun, trente-cinq les deux. Ils se reproduisent huit fois par an, par portées de six...

L'Arra ne manquait pas d'un certain humour ; il éclata de rire.

— Bon ! J'en prends un couple, si vous pouvez me garantir qu'ils poussent bien de tels rugissements toutes les fois qu'on les effraie.

— Oh ! n'ayez aucune crainte à ce sujet, assura Futgris. Ne savez-vous pas que ces petits animaux à sang froid ne restent silencieux que durant leur sommeil ? Pour l'instant, nous les avons plongés dans une anesthésie légère : sinon, l'on ne s'entendrait plus ici ! Puis-je me permettre de m'informer pour quelle expérience vous désirez les acquérir ?

L'Arra rit encore plus largement.

— Expérience ? Mais pas du tout ! Je me propose de les offrir en cadeau. C'est demain l'anniversaire de ma belle-mère. Au lieu d'un couple de ghéghérutavis au chant mélodieux, je m'en vais lui apporter ces charmantes bestioles. Veillez, toutefois, à les droguer de telle sorte qu'elles ne commencent à sortir de leur léthargie que demain vers midi. Oh ! que je vais m'amuser !

Futgris s'inclina et, sans se départir de la plus exquise courtoisie, s'autorisa une remarque.

— Madame votre épouse partagera-t-elle votre amusement ?

L'Arra perdit soudain beaucoup de sa superbe.

— Vous n'avez peut-être pas tort de m'y faire songer... Je les prends tout de même. Mais ajoutez-y un couple de ghéghérutavis : on ne sait jamais !

Pour s'assurer sans doute de la qualité de la marchandise, il frappa de nouveau sur la cage. Le résultat ne se fit pas attendre : il n'eut que le temps de se boucher les oreilles.

Le silence revenu, il s'informa de l'aspect de ces redoutables hurleurs. Futgris ôta la housse et l'Arra, curieux, se pencha, contemplant avec surprise un animal pas plus gros que le poing, avec un pelage bleu et, sous la gorge, une sorte de sac membraneux ; il avait, sous des paupières mi-closes et presque transparentes, d'immenses yeux clairs qu'embrumait pour l'instant la drogue. Un deuxième hiobargullu continuait de dormir, la tête enfouie dans les plis de son goitre.

— Quoi ? s'exclama l'Arra. Vous vous moquez de moi ! De si petites bêtes ne peuvent mener si grand tapage ! Impossible ! Je...

Il s'interrompit, car le hiobargullu, troublé par sa voix tonitruante, venait de reprendre son vacarme.

Futgris se hâta de remettre la housse et le calme revint. Peu après, l'Arra, les oreilles encore bourdonnantes, quittait la boutique, emportant ses achats dans des cages soigneusement empaquetées.

Satisfait de cette vente heureusement conclue, Futgris le suivit des yeux, tout comme Ixt, debout au fond du magasin. Ce dernier conservait un visage impassible où rien ne se lisait de l'inquiétude qui le tourmentait. Rien, non plus, ne laissait deviner qu'il n'était pas le Franc-Passeur dont un habile déguisement lui donnait l'apparence. Traversant le magasin luxueusement aménagé, il salua ses employés d'un bref sourire, comme il faisait chaque matin.

Mais il agissait par simple réflexe, ses pensées suivant

l'Arra qui venait, après cette longue comédie de marchandage, d'acheter deux couples d'animaux... aux frais de l'Etat.

Car Ixt, en bon télépathe, lisait en lui à livre ouvert : l'Arra maudissait la mission qu'on lui avait confiée, jugeant que c'était perdre son temps que d'avoir ainsi à vérifier de plus près les tenants et aboutissants de ce vulgaire patron de ménagerie, sous prétexte de quelques inexactitudes touchant son clan et son lieu de naissance, relevées par hasard sur sa fiche.

Son opinion, toutefois, n'entrait pas en ligne de compte.

Il avait ordre de mener une enquête approfondie ; aussi, dès le lendemain, reviendrait-il voir le suspect et, sous prétexte de lui rendre les deux hiobargullus, semeurs de discorde dans son ménage, prendrait à son insu l'empreinte de ses ondes mentales.

Ixt — ou plutôt John Marshall, pour lui donner son véritable nom — avait facilement percé à jour les projets de l'espion. Il cessa de le contrôler et, soucieux, songea que quelqu'un, à Terrania, avait dû commettre une erreur ou une négligence en établissant ses faux papiers d'identité. S'il parvenait, malgré tout, à se tirer sain et sauf de ce mauvais pas, ce quelqu'un se ferait donner sur les doigts...

Il lui fallait, avant le lendemain, trouver une parade efficace. Appeler au spatioport Rohun, patriarche d'un clan de Passeurs avec lequel il travaillait en liaison, lui parut trop risqué : le réseau urbain de vidéophone n'était pas un moyen de communication assez sûr.

Il acheva sans hâte son inspection quotidienne, puis, s'adressant à Futgris :

— Je sors et ne rentrerai que cet après-midi. Je vous confie le magasin.

— Comptez sur moi, monsieur.

Les yeux de Futgris brillaient de satisfaction : c'était

vraiment un plaisir que de travailler avec un tel directeur !

Ce dernier n'avait pas fait dix pas dans la rue qu'il avait déjà oublié qu'il était l'heureux propriétaire d'une oisellerie comptant parmi les magasins les plus élégants et les mieux achalandés de Trulan.

***

Gaige Moge, d'un geste irrité, montra la table d'opération où gisait le cadavre du binn.

— Arga ! s'exclama-t-il. Ne voyez-vous pas que nous avons affaire à un choc anaphylactique ? Combien de fois devrai-je vous répéter qu'il faut à tout prix éviter une réaction d'une telle violence lorsqu'on se trouve encore au premier stade de l'expérimentation ? Tout ce travail préparatoire est à recommencer ! Faites transporter ce binn à la salle de dissection : je veux savoir d'où vient cette sensibilité soudaine à son propre sérum ! Ce sérum U-Lf54 serait-il mortel pour les espèces relevant du groupe d'intelligence C et au-dessous, tandis qu'il n'entraîne aucune conséquence fâcheuse pour les groupes B et F ? Précisez bien que je veux une réponse pour demain ! Eh bien ! qu'attendez-vous ? Allez donc régler cette affaire !

L'Arra suivit d'un œil coléreux son assistante, une étudiante arkonide du nom d'Arga Silm, tandis qu'elle quittait la pièce. Puis il reporta son attention sur le binn, une créature qu'un Terrien aurait été bien en peine d'apparenter à une espèce précise, animale ou végétale. Car si cet être respirait à la manière des plantes, il montrait, par sa façon de se nourrir, le comportement d'un carnassier. Son quotient d'intelligence était assez faible ; de la classe C.

Gaige Moge, du regard acéré de l'homme de science, contemplait le corps aplati comme une grande feuille morte, avec ses cinq membres qui servaient aussi bien à la locomotion qu'à la préhension. Le binn mesurait à peine un mètre de long et pesait dans les quarante kilos. La tête ressemblait à présent à une fleur en bouton, car sa collerette de « pétales » s'était refermée, dissimulant la bouche et les yeux en couronne. La créature avait été tuée par l'injection d'un sérum tiré de son propre sang...

— Pauvre malheureux ! murmura le savant. J'expérimentais sur toi depuis bien des décennies. Et maintenant te voilà trépassé, alors que rien ne le laissait prévoir. Dommage pour toi, binn, et pour moi aussi ! Je te regretterai : je t'appréciais comme sujet d'étude.

Il quitta la pièce et, dans le corridor, croisa l'étudiante.

— Arga, allez aujourd'hui même au zoo et procurez-moi deux nouveaux binns. Il me les faut pour demain matin.

— Ils se trouvent dans la zone interdite du zoo. Une autorisation spéciale m'est indispensable pour y pénétrer, lui fit remarquer Arga Silm en posant sur lui ses longs yeux en amande dont l'éclat le frappait toujours agréablement.

— Vous avez raison de me le rappeler. J'aviserai l'administration de vous faire délivrer un laissez-passer permanent. Mais, avant de partir, appelez tout de même la direction pour vous assurer que l'affaire a été bien réglée.

« Il ne ment pas, songea-t-elle. Il exprime très exactement sa pensée. Enfin, je vais pouvoir annoncer à Marshall ce premier succès ! » Laury Marten, sous les traits d'une jeune Arkonide, venait, une fois de plus, d'utiliser ses dons de télépathe. Puis elle se dirigea vers l'ascenseur anti-g du vaste bâtiment où, depuis des mois, elle jouait son rôle d'étudiante arkonide. Pensivement, elle préparait le texte du message qu'elle allait, tout à l'heure, *émettre* à l'intention de John Marshall.

***

Rohun, Franc-Passeur et capitaine-marchand, n'aurait pu, même s'il en avait eu le désir, se permettre de trahir Marshall ou Laury Marten. Car il avait trop souvent, moyennant une confortable rétribution, travaillé pour le compte des agents de Rhodan : une telle collaboration n'était pas de celles qu'il pût souhaiter voir étaler au grand jour. D'ailleurs, il était honnête à sa manière. Marshall, qui contrôlait ses pensées de temps à autre, n'y avait jamais trouvé matière à suspicion.

Ils étaient, pour l'heure, en présence. Le capitaine-marchand tentait de persuader le Terrien d'abandonner son magasin, devenu désormais suspect, pour se réfugier définitivement dans les bas quartiers. Le visage de Marshall se transforma soudain, prenant une bizarre expression, attentive et lointaine tout ensemble, que le Passeur avait eu déjà plusieurs fois l'occasion d'observer.

John Marshall captait en cet instant un message télépathique !

Rohun se pencha vers son vis-à-vis.

— Ixt, dit-il, m'écoutez-vous encore ?

Il le fit taire d'un geste de la main. Le Passeur, résigné, s'arma de patience et se renversa dans son fauteuil.

Immobile, les yeux mi-clos, l'Australien se concentrait pour capter le message. Puis il y répondit de la même manière.

— *Laury, profitez de votre visite à la réserve zoologique pour apprendre si des Terriens y sont bel et bien retenus prisonniers. Tâchez de faire préciser certains détails, comme leur nationalité ou leur date de naissance. N'hésitez pas, s'il le faut, à employer votre désintégrateur. Mais, coûte que coûte, prenez contact avec ces gens, dont divers rapports nous ont déjà signalé la présence derrière les barrières d'énergie. Laury, c'est là une chance inespérée : ne la gâchez à aucun prix !*

— Comptez sur moi.

Sur cette promesse, la jeune mutante interrompit la liaison.

Marshall cligna des paupières, puis se redressa, comme quelqu'un qui s'éveille après une courte sieste. Il reprit la conversation exactement au point où il l'avait laissée.

— Je n'abandonnerai pas mon oisellerie, Rohun. Tant que les services secrets des Arras n'ont que de vagues soupçons, j'estime n'être pas encore en danger. Mais je voudrais savoir si je puis compter sur votre aide au cas où je me trouverais vraiment en difficulté. Telle est la raison de ma visite. Votre réponse ?

Marshall, aux aguets, contrôlait les pensées du capitaine. Celui-ci s'irritait de la question posée.

— Ma réponse ? grommela-t-il. Moi et mon clan, n'avons-nous pas déjà plus d'une fois risqué tout et le reste pour Rhodan ? Déclenchez l'alerte, et je lance mes meilleurs hommes dans la bataille pour vous tirer du pétrin ! Si c'est nécessaire, j'irai même jusqu'à jouer le sort de mon navire.

De nouveau, Marshall releva brusquement la tête, le regard assombri. Ce ne fut qu'une expression fugitive ; il retrouva presque immédiatement sa sérénité.

— Rohun, dit-il, nos amis médecins ne restent pas inactifs. Vous allez recevoir une visite : un Arra. Celui-là même qui s'est rendu ce matin à mon magasin. Il est déjà à bord et se dirige vers votre chambre. Où puis-je me dissimuler ?

Rohun étouffa un juron. Il avait déjà observé depuis longtemps que Marshall possédait une sorte de sixième sens quand un danger le menaçait. Mais qu'il fût capable de prédire des événements avec une telle précision, voilà qui était nouveau !

Du geste, il lui montra une petite porte.

— Passez par là !

— Non, Rohun, je désire demeurer dans cette chambre. L'Arra n'est pas certain de ma présence ici et j'aimerais entendre votre conversation. Vite, réfléchissez : où puis-je me cacher ?

Cette histoire ne plaisait pas à Rohun. Comme tous les Francs-Passeurs, foncièrement positifs et matérialistes, il ne croyait guère aux facultés supranormales. Or c'était à une faculté de cet ordre que Marshall semblait se fier pour l'instant. Il céda toutefois, subjugué par le regard impérieux du Terrien, mais sans manifester grand enthousiasme.

— N'éveillez pas la méfiance de cet enquêteur, conseilla Marshall. Il va sans doute vous tendre un piège à chaque question qu'il vous posera.

L'Australien, à quatre pattes, se glissait déjà sous la couchette de Rohun où s'étalait une épaisse couverture de fourrure ; les plis en traînaient jusqu'au sol, le dissimulant à l'œil le plus soupçonneux.

Peu après, un membre du clan s'annonça, demandant au patriarche s'il consentait à recevoir un fonctionnaire attaché au service de contrôle des résidents étrangers.

— Comme si je pouvais m'en dispenser !

Huxul, celui-là même qui avait fait l'emplette des couples de ghéghérutavis et de hiobargullus, le suivait et se carra sur le seuil.

— Etes-vous le capitaine passeur Rohun ? Oui ? Eh bien ! sachez qu'il n'est pas dans mes habitudes de faire antichambre ! En outre, laissez-moi vous dire que je crois...

Rohun n'était pas spécialement enchanté de la visite d'un agent des services de sécurité locaux, mais il n'éprouvait toutefois pas la moindre crainte ; de l'insolence, il en possédait à revendre. Il coupa la parole à son visiteur :

— Croyez ce que vous voudrez. Mais si vous n'êtes pas capable de vous adresser à moi avec la politesse en usage entre gens de bonne compagnie, je vous fais reconduire à terre, peut-être plus vite qu'il ne vous serait agréable ! Mais, dans le cas contraire, soyez le bienvenu et veuillez prendre place.

Et il montrait à Huxul le fauteuil qu'avait occupé John Marshall quelques minutes plus tôt. Huxul s'assit et sourit, cauteleux.

— Qu'est devenu votre autre visiteur, qui me paraît vous avoir quitté bien précipitamment ? L'aurais-je mis en fuite ?

Rohun ne broncha pas.

— Huxul, je ne suis pas un Arra, mais un Marchand galactique. Mon navire est ma patrie et je suis seul maître à mon bord. Personne des miens n'oserait se permettre de me poser des questions de ce genre, aussi stupides qu'insultantes !

— Mais je n'avais nullement l'intention de vous désobliger ! s'exclama Huxul, qui semblait soudain transformé, poli, accommodant, débordant d'amabilité.

Rohun ne put que s'étonner d'une telle attitude. Il ne se doutait pas que le radiant-psi de John Marshall était maintenant braqué sur l'Arra, le persuadant de considérer sa mission comme terminée, simple affaire de routine ne tirant pas à conséquence. Mais ce brusque revirement parut suspect à Rohun, qui haussa le ton.

— Trêve de plaisanteries, Huxul ! Allez-vous me dire, à la fin, ce qui vous amène à mon bord ? Pourquoi et de quoi me suspectez-vous ?

L'Australien régla la puissance du radiant : sa victime, cette fois, n'agirait pas sous contrainte, mais répondrait tout simplement la vérité.

Huxul se renversa dans son fauteuil, croisa ses longues jambes maigres et, toujours affable, exposa que l'on nourrissait en haut lieu des soupçons à l'égard du propriétaire de l'oisellerie.

Rohun joua l'étonnement.

— Un nommé Ixt, n'est-ce pas? Oui, je me le rappelle. Un homme fort intelligent, expert en zoologie. Cela m'a d'autant plus frappé que je m'intéresse moi-même à ce domaine. Voyons... D'où vient-il? De la troisième planète du soleil J-5457-KL, il me semble, l'escale suivante étant Tolimon. Mon cher Huxul, ne savez-vous pas que nous autres, Passeurs, sommes toujours à l'affût d'un bénéfice à réaliser? Il nous arrive donc de prendre des passagers, contre une honnête rétribution, s'entend. Ixt était du nombre; mais cela remonte déjà à loin. Huxul, pouvez-vous me dire ce que j'ai à voir avec cet oiseleur?

Toujours sous l'influence du radiant-psi, l'Arra satisfit volontiers la curiosité du patriarche, ne se rendant pas compte qu'il manquait à tous ses devoirs d'agent secret pour qui le silence est la première des lois! L'histoire, dit-il, se résumait à peu de chose : lors d'un contrôle effectué par hasard, le cerveau positronique central de Tolimon avait relevé certaines contradictions dans les renseignements fournis par l'oiseleur.

— Si bien que, depuis hier, il me faut perdre mon temps à ces bagatelles, alors qu'il me serait tellement plus important d'apprendre qui a bien pu, en dépit de toutes les précautions prises aux laboratoires GF-45, dérober la formule pour la conservation du sérum X-1076! Un vol de ce genre n'a encore jamais eu lieu, Rohun! Et j'ai été contraint de négliger cette importante enquête pour m'enquérir des faits et gestes de cet Ixt de malheur! Vous ne pouvez rien m'apprendre de nouveau sur son compte, naturellement!

— Non, rien, assura le capitaine passeur, le visage respirant la franchise la plus totale.

L'Arra se leva et prit congé, manifestant toujours une

débordante amabilité. Rohun, dès qu'il eut les talons tournés, soupira de soulagement. L'Australien sortit de sa cachette.

— Je suis prêt, dit-il, à payer un bon prix la formule de ce sérum.

Le Passeur secoua la tête.

— Vous faites fausse route. Mes hommes, pour une fois, n'ont pas trempé dans cette affaire. Mais je crois savoir qui s'est ainsi *procuré* ce document. Voulez-vous que je prenne contact, Ixt, avec le groupe intéressé ? Combien seriez-vous disposé à payer ?

— J'irais jusqu'à quinze mille, mais pas davantage. Quand serez-vous fixé ?

— Demain.

— Parfait, dit Marshall. Je compte, dans la matinée, changer d'apparence ; j'aurai donc besoin d'un sosie. Vous avez, à bord, plusieurs spécialistes du grimage, n'est-ce pas ? Qu'ils me fournissent un double, assez réussi pour que, le rencontrant, je ne sache plus moi-même qui, de nous deux, peut être le véritable Ixt !

— Du danger en perspective ? demanda Rohun, soucieux.

L'oiseleur et ses initiatives l'inquiétaient de plus en plus.

— Demain matin, Huxul reviendra au magasin pour me rendre le couple de hiobargullus : dans une nouvelle cagé équipée, prétendra-t-il, d'un dispositif d'insonorisation. Or il s'agira, en fait, d'un appareil lui permettant de prendre le schéma de mes ondes mentales.

Rohun plissa les yeux.

— Et ensuite, Ixt ?

L'Australien sourit.

— Huxul se fera rembourser le prix de ses deux « hurleurs » et remportera leur cage. De retour dans ses quartiers, il sera très surpris de s'apercevoir que son capteur d'ondes n'a pas fonctionné. N'avoir pu se procurer mon empreinte mentale lui vaudrait une nouvelle semonce de ses supérieurs. Pour l'éviter, il n'hésitera certainement pas à leur fournir un rapport inventé de toutes pièces.

— Vous lisez dans l'avenir ? grommela Rohun. Ixt, vous me sidérez chaque jour davantage. Quand je pense, par exemple, au changement d'humeur d'Huxul... Que lui avez-vous fait, alors que vous étiez caché sous mon lit ?

— Qu'aurais-je pu lui faire, Rohun ? J'étais caché sous votre lit, vous venez de le dire, et je n'en ai pas bougé ! éluda Marshall. Qui m'enverrez-vous demain, comme sosie ?

— Otzman. Il est de votre taille. Ixt, vous jouez un jeu dangereux. De grâce, apprenez-moi enfin ce que vous cherchez réellement sur Tolimon ! Auriez-vous l'intention de délivrer l'un des prisonniers du zoo galactique ? Dans ce cas, prenez garde ! Les Arras veillent jalousement sur ce zoo. Leur système de défense est sans faille... Ecoutez, pourquoi ne pas me mettre au courant de vos plans ? Ou vous méfiez-vous de moi et de mes hommes ?

— Mais non, Rohun. Je souhaite simplement éviter de vous exposer à des dangers inutiles. L'affaire où je m'engage est, je l'avoue, risquée. Moins long vous en saurez, mieux cela vaudra pour votre sécurité à tous.

Peu après, John Marshall quittait l'énorme nef cylindrique du capitaine Rohun. Il était très satisfait de sa visite et, deux heures plus tard, ayant pris toutes les précautions voulues pour se débarrasser d'éventuels suiveurs, il gagna l'un des refuges qu'il s'était ménagés dans les bas quartiers de Trulan.

CHAPITRE III

Tolimon, la deuxième planète du système de Revnur, subissait un rayonnement solaire tellement intense que la température, à midi, atteignait 45 degrés à l'ombre, du moins dans la capitale et ses environs. Il n'en allait pas de même dans la région où les Arras avaient construit leur immense zoo, que certaient des déserts de sables et de cailloutis, des chaînes de collines arides et poussiéreuses. Les médecins galactiques avaient vu grand. Dans une zone dont la superficie égalait celle de la France, de la Belgique et de la Hollande réunies, ils avaient reconstitué pour chaque spécimen ses conditions d'habitat naturel, réduisant de la sorte au minimum les rigueurs de la captivité.

Laury Marten avait vingt-trois ans. Ses cheveux noirs étaient à présent d'un blond presque blanc, ainsi que l'exigeait la caractéristique raciale de l'Arkonide dont elle jouait le rôle. Elle avait des yeux légèrement bridés et une silhouette d'une grâce exquise. Ce jour-là, pour la première fois, à la différence de ses précédentes visites au zoo, elle put emprunter un chemin interdit au public. On avait averti de sa venue le poste de garde et, après un bref contrôle d'identité, la jeune étudiante Arga Silm put franchir le barrage d'énergie. Un Arra vint à sa rencontre et mit une voiture à sa disposition ; il lui montra comment programmer l'ordinateur de route ; le fonctionnement, pour le reste, était automatique.

L'Arra n'avait encore jamais vu plus ravissante Arkonide ; il ne cessait, à la dérobée, de la dévorer du regard. Laury, feignant de ne rien remarquer, en était cependant très consciente. Comme tous les membres de la Milice des mutants, elle avait été à bonne école ; entre autres talents, son entraînement intensif lui avait appris à déterminer sans erreur, même sans recourir à ses dons de télépathe, l'impression qu'elle pouvait faire sur autrui. Or l'attitude de son interlocuteur était suffisamment claire ! Laury en profita : sans avoir l'air d'y toucher, elle déploya tout son charme, afin que le jeune Arra — il se nommait Lo Pirr — conservât d'elle un souvenir inoubliable. Il lui serait peut-être, un jour ou l'autre, utile de recourir à l'évidente bonne volonté de cet admirateur !

Il la suivit longtemps des yeux, tandis que la voiture, prenant de la vitesse, s'éloignait sur la route.

***

Trulan, capitale planétaire et principal spatioport de Tolimon, avait poussé sans aucun plan d'ensemble, dans une explosion d'intense activité. Cet élan de force vitale étonnait encore John Marshall, même après huit mois de séjour dans la ville-champignon.

Trulan était à la fois un carrefour où se rencontraient d'innombrables races galactiques et un poste frontière. Dans ce secteur, le système de Revnur constituait le dernier bastion contrôlé par le Régent, le gigantesque cerveau positronique qui présidait aux destinées d'Arkonis. Les Arras, qui occupaient cette planète, avaient été contraints de mettre sur pied un réseau de surveillance extrêmement serré pour contrôler, au moins dans une certaine mesure, la foule des voyageurs qui débarquaient à Trulan pour quelques jours ou quelques semaines, y réalisaient des affaires exigeant, le plus souvent, une prudente discrétion, puis disparaissaient sans laisser de trace dans les profondeurs de la Voie lactée... Un hasard malheureux venait d'attirer sur l'agent de Rhodan l'attention de ce système de contrôle. Tout cela pour une minime erreur commise sur la Terre, lors de l'établissement de sa fausse identité ! Le péril, toutefois, ne lui semblait pas encore trop pressant.

Même sous les traits d'un Franc-Passeur à la barbe assyrienne, John Marshall avait l'apparence d'un homme de quelque trente-cinq ans. Il ne se sentait pas plus âgé, d'ailleurs, et devait toujours faire effort pour se souvenir qu'il allait atteindre bientôt ses quatre-vingt-quinze ans.

La douche de jouvence dont il avait bénéficié sur Délos arrêtait, pour six décennies, le processus de vieillissement cellulaire. Dix-neuf lustres n'étaient donc pour lui qu'un chiffre abstrait et nullement une réalité physique.

Ce miracle accompli sur la planète de l'Immortel, les médecins de Tolimon n'étaient-ils pas capables de le rééditer ?

L'élixir de longue vie !...

Il y songeait lorsqu'il quitta le tapis roulant qui, du centre de la ville, l'avait mené dans les faubourgs...

La touffeur de l'après-midi écrasait les avenues et le lacis serré des ruelles. Des relents traînaient dans l'air, équivoques et lourds, plus insistants à mesure que John s'enfonçait dans ce quartier misérable. Il entra dans un restaurant, une infâme gargote dont il traversa sans hésiter la salle obscure, pour se diriger vers les toilettes. Celles-ci ne comportaient pas une, mais trois issues, permettant de quitter discrètement l'immeuble. Marshall n'était pas le seul à connaître ce chemin détourné, fort commode pour couper court au danger d'une filature indésirable ; il entrevit la silhouette d'un Zalitain dépenaillé qui se hâtait de disparaître par une de ces portes.

Lui-même passa par celle de droite, déboucha dans un corridor sombre et malodorant et prit un ascenseur anti-g qui le mena huit étages plus haut.

Un autre ascenseur, au bout du palier, lui permit de redescendre trois étages. Un couloir désert s'allongeait devant lui, bordé de portes ; il poussa la cinquième et salua d'un bref signe de tête un vieillard crasseux, allongé sur un divan non moins crasseux. L'autre sourit d'un air complice, empocha le billet que l'Australien lui tendait au passage et se replongea dans ses rêves et sa bouteille de tord-boyaux, tandis que John, sans un mot, se glissait dans une petite pièce voisine où il troqua contre une défroque rapiécée ses vêtements du bon faiseur qu'il cacha dans un placard habilement dissimulé dans un des murs. Un coup d'œil au miroir terni l'assura qu'on pouvait désormais le prendre pour un Passeur dans la misère, un de ces parias rejetés par leur clan, errant de port en port à l'affût de n'importe quelle aubaine.

Il revint vers le placard et posa les deux mains sur une portion voisine de la cloison qui pivota sans bruit. Un passage dérobé le mena jusqu'à un autre ascenseur, puits étroit ménagé dans l'épaisseur des murs et débouchant dans un sous-sol où, de loin en loin, des ampoules jetaient une lumière avare. Marshall, louvoyant entre des piles d'objets au rebut et de détritus, suivit imperturbablement sa route jusqu'au pied d'un escalier en colimaçon. Il grimpa trois douzaines de marches et, l'oreille tendue, s'arrêta devant une ouverture que bouchaient, comme un rideau, des vêtements pendus à une tringle. Rassuré par le silence, il les écarta et se trouva au fond de la boutique d'un fripier.

De l'air indécis de l'acheteur qui réserve son choix, il

traversa le magasin, rendit son clin d'œil à Suft, le barbu propriétaire des lieux, puis se retrouva dans la rue. Une ruelle, plutôt, trois niveaux plus bas que la gargote, première étape de cette plongée dans les bas quartiers. Quatre blocs plus loin, il atteignait l'immeuble à la façade lépreuse où il s'était établi. Très loin au-dessus des toits flamboyait le sommet du monument au grand Mo, un médecin de génie mort trois mille ans plus tôt alors qu'il expérimentait sur lui-même un nouveau traitement ; il était tenu, à Tolimon comme sur toutes les planètes occupées par les Arras, pour un surhomme, presque un demi-dieu, et honoré comme tel.

Le gîte de Marshall, au quinzième étage, était en apparence un taudis comme ceux de ses voisins. Mais la porte, sous son revêtement de plastique écaillé, dissimulait une plaque d'arkonite pratiquement inviolable. Comme John s'en approchait, il sentit sur sa peau un picotement très léger : un faisceau d'ondes lui indiquant que nul n'avait indûment tenté, en son absence, de s'introduire céans.

Rassuré, il entra et repoussa le battant derrière lui.

Puis il releva le panneau supérieur de l'étroite fenêtre, ouvrit le robinet d'eau chaude du lavabo et, s'étendant sur le lit, croisa les mains sous la nuque et sifflota les premières mesures d'une chanson de marin.

Au même instant, l'hypercom camouflé sur le toit se trouva prêt à fonctionner, enclenché par le triple signal de la fenêtre entrebâillée, du robinet coulant et de la mélodie. La montre de Marshall, qu'il portait au poignet gauche, dissimulait un minuscule microphone. Un système de brouillage rendait tout message incompréhensible, au cas, bien improbable, où quelqu'un l'aurait capté.

L'Australien, en quelques phrases précises, fit son rapport, annonçant le premier succès enregistré par Laury Marten, le premier espoir qu'il pouvait enfin donner à Rhodan qui, là-bas, sur la planète Denfer, attendait avec impatience les résultats de leur mission. Il préféra, pour l'instant, passer sous silence les soupçons que les Arras commençaient de nourrir à son égard.

Cela fait, il réenfonça le poussoir qui commandait le microphone de sa montre et referma le robinet, puis la fenêtre : rien, dans la pièce, ne pouvait trahir la présence de l'hypercom et sa récente utilisation.

Marshall, pensif, se rassit sur le bord du lit, étudiant la situation. A aucun prix, il ne devait permettre aux Arras de découvrir ce refuge, seul point de contact entre lui et Rhodan.

Il était sur le point de partir, lorsque l'atteignit un nouveau message de Laury Marten. Son visage s'éclaira d'un sourire.

— Enfin ! s'exclama-t-il à mi-voix.

*
* *

La voiture, en pilotage automatique, roulait vite. Laury ne tarderait pas à atteindre la zone réservée aux binns ; une barrière d'énergie l'entourait.

Du regard, elle chercha un gardien, un de ces Froghs dont l'aspect, lorsqu'elle en avait rencontré un pour la première fois, l'avait frappée de dégoût.

Même aujourd'hui, il lui fallait encore faire effort pour les considérer, non comme des animaux répugnants, sortes de chenilles de six mètres de long, mais comme des créatures intelligentes. Nombre de Froghs parlaient, en plus de l'intergalacte, divers dialectes en usage dans le Grand Empire ; leur propre langue était dotée d'un riche vocabulaire. Alliés de longue date aux Arras, ils assuraient la garde du zoo galactique, dont aucun pensionnaire, jusqu'à ce jour, n'avait pu échapper à leur redoutable vigilance. Les Froghs patrouillaient sans relâche dans les divers secteurs de la réserve, ainsi qu'aux abords du désert la cernant de toutes parts.

Laury Marten mit pied à terre et longea le barrage, s'étonnant de l'absence d'une sentinelle. Arrivée au sommet d'une petite éminence, elle découvrit enfin un Frogh qui s'entretenait avec un Arra.

Celui-ci, sentant sans doute le regard de la jeune fille posé sur lui, tourna la tête. Le Frogh l'imita et se hâta vers la visiteuse, pour s'informer, d'une voix curieusement mélodieuse, de ses désirs. Laury le pria de neutraliser le barrage quelques instants pour qu'elle pût faire choix de deux binns.

Reposant plus qu'à mi-corps sur le sol où s'accrochaient fermement ses courtes pattes, le Frogh avait redressé l'avant-train et la dominait de haut. L'Arra s'approcha. Long comme un jour sans pain, il ne manquait pas, toutefois, d'une certaine élégance, et sa maigreur, commune à tous les Arras, pouvait passer pour de la sveltesse. Ses traits impassibles et la retenue de ses gestes décelaient une parfaite maîtrise de soi.

« Un homme intelligent et cultivé, songea Laury, et qui doit, ou je me trompe fort, occuper un poste important. »

Aussi, lorsqu'il lui demanda ce qu'elle comptait faire des deux binns, en prit-elle prétexte pour engager la conversation.

Il ne manifesta tout d'abord qu'une froideur distante et, lorsqu'elle se fut présentée comme une étudiante en zoologie venue sur Tolimon pour préparer un examen terminal, c'est avec une politesse de pure forme qu'il lui en souhaita la réussite. Mais il dressa soudain l'oreille, car Laury, sans avoir l'air d'y toucher, se prenait à parler de recherches de laboratoire traitant en particulier du phénomène d'Arths : elle doutait, ajouta-t-elle, qu'un activateur, quel qu'il fût, pût venir à bout d'une névrose, même partielle : le processus n'était-il pas irréversible ?

Il ignorait que Laury, qui avait fait à Terrania, des études de médecine très poussées, venait de lire dans son esprit qu'il poursuivait, pour l'instant, des expériences sur la question. Ainsi aiguillonné, Man Regg — c'était là le nom de l'Arra — ne fut que trop heureux de s'étendre sur un sujet qui lui tenait à cœur. Laury, habilement, utilisait les arguments qu'il lui fournissait à son insu, pour le pousser toujours plus loin dans la voie des confidences.

Parmi les innombrables médecins galactiques qui séjournaient sur Tolimon, Man Regg n'était pas n'importe qui, mais, au contraire, une sommité spécialisée dans la production du sérum de longue vie. La jeune fille poursuivit donc sa tactique : là où Man Regg hésitait encore dans ses recherches, elle exprimait des réserves, tandis que son opinion, comme par hasard, rejoignait la sienne dans les domaines où il pouvait, à bon droit, se croire sûr de lui. Man Regg, une des personnalités les plus brillantes de Tolimon, se laissait manœuvrer comme un enfant !

Lorsqu'il lui demanda où elle travaillait et sous la direction de qui, elle comprit avec joie qu'il se proposait, quoique hésitant encore, de la faire muter dans sa propre équipe.

Le Frogh était demeuré dans le voisinage et Laury, avec un brusque frisson, s'inquiéta : ces chenilles géantes n'étaient-elles pas télépathes ? Nul n'avait, avant son départ en mission, songé à la renseigner sur ce point.

Elle chassa cette pensée. Man Regg, sa décision maintenant prise, lui demandait si cela la tenterait de poursuivre ses études sous sa direction.

Laury Marten, qui se voyait déjà en possession de la formule du précieux sérum, eut bien du mal à dissimuler son triomphe. Elle parvint pourtant à ne montrer, en acceptant l'offre, que la surprise ravie et mêlée de timidité de l'étudiante dont elle jouait le rôle.

— Très bien, Arga Silm, dit Man Regg. Je vais m'en occuper. Ce changement d'affectation ne posera, je pense, aucun problème, et j'espère bien vous revoir demain à la station X-p.

Laury, peu après, choisissait deux jeunes binns qui ne firent aucune difficulté pour la suivre.

Et c'est sur la route de retour à Trulan qu'elle lança le message de victoire capté par John Marshall, alors qu'il se trouvait encore dans sa retraite des bas quartiers.

CHAPITRE IV

Otznam, perdu dans la foule qui encombrait la rue du Grand-Mo, ne se doutait pas qu'il était suivi. John Marshall restait sur ses talons, admirant à part lui l'habileté des maquilleurs du capitaine Rohun : il semblait vraiment que ce fût Ixt en personne qui se dirigeait vers son oisellerie, sans prêter la moindre attention à ce marin dépenaillé, à quelques pas derrière lui.

L'Australien contrôlait ses pensées : Otznam maudissait sa mission tout aussi vivement que, la veille, l'avait fait Huxul en marchandant un couple de ghéghérutavis, de hiobargullus ou de tout autre bestiole tout aussi détestable !

Otznam s'inquiétait de la manière dont il lui faudrait se comporter, une fois au magasin. On ne l'avait que très vaguement informé des habitudes de l'oiseleur.

Marshall enclencha son radiant-psi. Le Passeur, sans même se rendre compte de ce qui lui arrivait, se trouva familiarisé avec le visage et la fonction de chaque membre du personnel ; il franchit le seuil d'un pas tranquille, comme Ixt le faisait chaque matin.

Quelques saluts à droite et à gauche, un sourire à Futgris, avec la remarque :

— J'ai été retenu hier plus longtemps que je ne le pensais. Rien de neuf ?

Marshall entra à son tour dans la boutique et mit en fuite un vendeur en grommelant d'un air féroce :

— Quand j'aurai besoin de vous, je vous appellerai. Pour l'instant, je ne veux que jeter un coup d'œil à votre fichue marchandise !

En même temps, il contrôlait les réactions du personnel ; nul n'avait remarqué quoi que ce fût d'anormal dans l'attitude ou la voix du soi-disant Ixt. Quant à Otznam, mentalement téléguidé, il venait de dire à Futgris :

— Je suis dans mon bureau. Ne me dérangez surtout pas pour des broutilles !

— Mais certainement, monsieur !

Futgris, plein de zèle, s'éloigna vers l'arrière-boutique où il tenait à s'occuper lui-même d'un arrivage de nouveaux pensionnaires en provenance de la planète Oka.

Il ne lui vint pas une seconde à l'idée que ce zèle, dont il était si fier, n'était qu'une suggestion de John Marshall qui jugeait plus prudent de l'écarter de son sosie.

Dix minutes plus tard, l'Australien se retrouvait dans la rue, flânant d'une vitrine à l'autre et attendant l'arrivée d'Huxul. Sa patience fut mise à rude épreuve : l'agent des Arras ne se manifesta que vers midi.

Sa mauvaise humeur ne s'était pas calmée. Marshall le précéda dans le magasin et feignit d'observer les ébats d'une douzaine de kikkiss — de petits singes à longue queue annelée — tout en surveillant l'Arra du coin de l'œil. Celui-ci portait une cage. Futgris, reconnaissant le client qui se proposait de jouer une si bonne farce à sa belle-mère, sourit et commença par accepter l'échange ou la reprise des deux hurleurs ; puis il perdit soudain de son amabilité. Marshall venait de lui suggérer quelques scrupules : son chef seul pouvait, en dernier ressort, décider de l'affaire.

Huxul cachait mal sa satisfaction : tout se déroulait au

mieux de ses désirs ; il serrait la cage sur son cœur, prêt à en actionner le mécanisme secret. Mais, au fond de lui-même, la colère bouillonnait toujours au souvenir de la semonce de ses chefs, la veille, au retour de sa visite à Rohun, dont il n'avait pu soutirer aucun renseignement d'importance. On lui avait également fait grief du prix exorbitant des animaux choisis chez l'oiseleur. Et pourtant, songeait Huxul, remâchant sa rage, c'étaient ses supérieurs et non lui-même qui avaient eu l'idée de cet achat !

Futgris, qui était allé chercher le faux Ixt, revint sur ces entrefaites.

John Marshall enclencha son radiant-psi.

Huxul posa la cage, à présent pourvue d'un revêtement insonorisé, où se blotissaient les deux hiobargullus. Le prétendu Ixt ne montra que peu d'enthousiasme à reprendre le couple de hurleurs, mais s'intéressa, en revanche, au système d'abat-sons. L'Arra, déployant des trésors de patience, le laissa l'examiner à loisir ; l'oiseleur ne s'en fit pas faute. Huxul, en la lui tendant, avait branché l'enregistreur d'ondes cérébrales, ne se rendant pas compte que la cage, que le faux Ixt tournait et retournait maintenant en tous sens, s'était trouvée d'abord braquée sur sa propre personne. Marshall, insoupçonné, commandait aux gestes des deux hommes.

Huxul se lamentait toujours : sa plaisanterie, pourtant bien innocente, lui avait valu les pires reproches et, pour ramener la paix dans son foyer, il lui fallait de toute urgence se débarrasser de son cadeau intempestif. Le sosie d'Ixt finit par se laiser fléchir et remboursa l'Arra qui, se confondant en remerciements, se hâta de prendre le large.

Ixt retourna dans son bureau et Futgris dans l'arrière-boutique.

***

Huxul, de retour dans l'immense immeuble qui abritait, à côté des services officiels de l'Administration, d'autres services moins officiels, envoya la cage au laboratoire où l'on établirait l'empreinte mentale du suspect. Il avait, en attendant, tout le temps de rédiger un rapport à son sujet ; mais il se sentait la tête bizarrement vide. Que s'était-il passé au juste, lors de sa visite à l'oisellerie ? Il avait de plus en plus de mal à s'en souvenir.

D'un tube pneumatique, un graphique d'ondes mentales tomba sur le bureau ; il portait un chiffre dont Huxul s'étonna immédiatement. « Quoi ! songea l'agent, cet Ixt figurerait déjà à nos fichiers sous le numéro de code d'un Arra ? » Perplexe, il demanda la communication avec le grand ordinateur positronique central, section « Identité ».

A qui correspondait ce numéro de code ?

Quelques secondes plus tard, un écran s'alluma, lui fournissant les renseignements demandés.

Huxul mit une seconde à comprendre qu'il s'agissait là de son propre dossier et cinq autres secondes à comprendre qu'il n'y comprenait plus rien !

Le seul point parfaitement clair demeurait que, d'une manière ou d'une autre, logique ou illogique, explicable ou inexplicable, il avait failli à sa mission. Ses chefs ne lui pardonneraient pas cette nouvelle défaillance.

Pour éviter le pire, il n'avait d'autre solution que de fournir un rapport satisfaisant, fût-il entièrement fictif ! Il rédigea donc de l'affaire une version tout droit sortie de son imagination : Ixt, oiseleur dans la rue du Grand-Mo, était un honnête Marchand galactique. Les soupçons à son égard étaient donc parfaitement injustifiés.

Il savait bien que, tôt ou tard, le cerveau central éventerait la supercherie ; mais ce délai, du moins, lui laissait le temps da reprendre l'enquête sur d'autres bases et, cette fois, espérait-il, de la mener à bien.

John Marshall, qui flânait dans le voisinage de l'immeuble, suivait la pensée de l'Arra. Un tel délai était justement ce qu'il souhaitait obtenir, lui aussi : chaque jour gagné ajoutait aux chances de Laury Marten de se procurer le sérum de survie.

***

La station X-p se révéla comme un complexe gigantesque s'étendant sur des kilomètres. Laury, connaissant les habitudes architecturales des Arras, songea que vingt ou trente étages en sous-sol devaient correspondre aux huit étages, pour le moins, que comptait chaque façade. Construite presque au centre de la réserve zoologique, elle se trouvait très à l'écart des zones périphériques où le public était admis. Un soleil implacable brûlait le désert.

Laury sentait son cœur battre en franchissant le portail d'entrée. Elle se trouva dans une vaste antichambre d'un luxe discret, agréablement climatisée. Une rangée de lentilles de cristal, sur les murs, s'ouvraient comme des yeux et contrôlaient certainement les arrivants. Allait-elle surmonter sans encombre cette première épreuve ? Certes, avant son départ de Terrania, tout avait été fait pour lui donner l'apparence d'une Arkonide ; même une radiographie ne pouvait, normalement, révéler de différence physique. Mais les Arras ne disposaient-ils pas d'autres moyens d'identification plus perfectionnés ?

Originaires des Trois-Planètes, tout comme les Marchands galactiques, les Arras avaient suivi une évolution qui ne leur laissait plus guère de ressemblance avec leurs ancêtres communs. Médecins et chimistes de génie, ils s'étaient prodigieusement enrichis en vendant leurs médicaments dans toute la galaxie ; ils possédaient également des planètes-hôpitaux où les malades se pressaient en foule. Arrogants et ambitieux, ils avaient tenté jadis de s'emparer du pouvoir suprême. Le Régent, toutefois, avait su briser net leurs ambitions dans ce domaine.

L'examen dut être satisfaisant, car un écran bleu s'illumina au fond de la pièce, au-dessus d'une porte qui s'ouvrit en silence.

Laury, se trouvant au seuil d'une coupole étincelante, hésita : rien, de l'extérieur, ne laissait deviner en ces lieux l'existence d'une telle construction. Une lumière irisée, tombant des verrières du toit, traçait des arabesques étranges et irréelles sur le sol uni, puis, se concentrant au milieu de la pièce, y dessinait un cercle parfait, comme un lac de feu pâle.

Une voix bien timbrée invita Laury à s'approcher de cette nappe de clarté et d'en faire le tour. Celle-ci, elle l'apprit plus tard, avait une puissante action bactéricide.

Laury obéit sans comprendre. Sa promenade achevée, la même voix s'informa de ses désirs. Elle avait, répondit-elle, été convoquée par Man Regg. Puis elle donna son nom, Arga Silm.

Depuis son arrivée à la station, elle n'avait encore rencontré personne, ni Arra ni robot. Sur sa droite, un panneau de la coupole coulissa comme un diaphragme. La voix sans visage l'invita à y pénétrer : l'ascenseur la conduirait à son but.

Laury se retrouva dans une autre pièce, de moindres dimensions, sans porte apparente. L'ouverture, derrière elle, se referma sans bruit. Où était l'ascenseur annoncé ? A ce moment, le plancher se prit à vibrer légèrement. La jeune fille imagina qu'elle était soumise à un nouveau contrôle et réprima difficilement un frisson d'inquiétude. La station X-p devait être jalousement surveillée, les Arras y poursuivant leurs recherches les plus secrètes : la mise au point du sérum de longue vie.

Mais ses craintes étaient vaines. La vibration de la cabine correspondait tout simplement à un changement d'étage !

Une nouvelle porte s'ouvrit. Man Regg se tenait sur le seuil et sourit avec orgueil en remarquant la stupeur de l'étudiante. Après quelques mots de bienvenue, il expliqua :

— Nous autres, Arras, ne nous confinons pas dans le domaine médical. La recherche technique, longtemps négligée par notre peuple, connaît un nouvel essor : vous venez de juger par vous-même, Arga, des moyens dont nous disposons.

Laury, son premier étonnement dissipé, recommença de jouer le jeu qui lui avait si bien réussi précédemment. Lisant dans la pensée de Regg, elle l'éblouit par le reflet de ses propres connaissances. Elle ne pouvait y parvenir aussi bien, d'ailleurs, que pour avoir, à Terrania, subi plusieurs séances d'indoctrinateur qui lui avaient inculqué toute la science des médecins arkonides.

Mais, soudain, une étincelle de méfiance brilla dans les yeux de Man Regg. Laury, immédiatement, se rendit compte de la faute commise : trop sûre d'elle, elle venait, presque mot pour mot, d'exprimer à haute voix l'opinion de l'Arra sur une de ses expériences les plus cruciales : une expérience récente, réalisée dans le plus grand secret et dont nul Arkonide ne pouvait donc avoir eu vent.

Face au danger, la jeune mutante garda tout son sang-froid ; ce n'était pas pour rien qu'elle avait subi le dur entraînement exigé de tous les membres de la Milice.

— Comment en arrivez-vous à une telle conclusion ? venait de demander Man Regg d'une voix coupante. Sauf nous, personne n'a encore, que je sache, étudié le problème sous cet angle !

Laury, sans paraître remarquer le ton inquisiteur, sourit. Elle avait des dents ravissantes ; des fossettes, dont on lui avait assuré qu'elles étaient irrésistibles, se creusaient dans ses joues.

— Il ne s'agit là, concéda-t-elle, que d'une simple déduction. Mais la seule, en bonne logique, à pouvoir découler des éléments que nous possédons déjà...

L'argument porta. Man Regg hésitait encore ; sa méfiance se dissipa, faisant toutefois place à l'admiration pour la rigueur de raisonnement de cette jeune étudiante.

Impulsivement, il déclara :

— J'ai changé d'avis, Arga. Aimeriez-vous travailler, non plus seulement à la station, mais parmi l'équipe de mes plus proches collaborateurs ?

Laury, grisée par ce succès, en oublia le vieux proverbe qui assure que la roche Tarpéienne, hélas ! n'est guère loin du Capitole...

***

John Marshall s'apprêtait à aller voir le capitaine Rohun, lorsque Laury émit son message de victoire. Les craintes vagues qu'il éprouvait se dissipèrent et il se sentit enclin à partager son optimisme, du moins jusqu'au moment où, arrivant au spatioport, il resta figé de stupeur, cherchant des yeux, sans la trouver, la silhouette familière de la nef du Passeur : Rohun avait appareillé sans même prendre la peine de l'avertir !

L'Australien, toujours sous les traits d'un paria de l'espace, se prépara au pire. Et, juste à ce moment, un autre message de Laury vint ajouter à son inquiétude. L'intense animation du port s'estompa pour lui comme dans un brouillard, tant il se concentrait sur le récit que lui faisait la jeune fille : certes, elle appartenait encore à l'équipe de Man Regg ; mais ce dernier, repris de soupçons à son égard, venait non seulement d'alerter les fonctionnaires veillant à la sécurité de la station, mais encore les services de l'immigration de Trulan, demandant que l'on passât au crible ses antécédents. Man Regg, pour justifier sa démarche, avait conclu :

— Arga Silm me semble suspecte. Pour une Arkonide, elle en sait beaucoup trop long. Ses connaissances sont exactement celles que j'aimerais trouver — et n'ai trouvé jusqu'ici que bien rarement ! — chez mes propres collaborateurs !

Le visage de Marshall se durcit. Il songeait que, depuis le début de leur mission, il avait eu des doutes quant aux capacités de Laury Marten. Elle était très douée, certes, mais manquait totalement d'expérience. Aussi venait-elle de tomber dans le piège qui guette les débutants trop présomptueux : un succès momentané l'avait conduite aux pires imprudences... Que son dossier présentât la moindre irrégularité et tout Tolimon serait à leurs trousses !

Il chassa son inquiétude : pour l'instant, il lui fallait apprendre avant toute chose les raisons du départ précipité de Rohun.

Marshall n'avait pas encore quitté le tapis roulant qui conduisait au secteur G-8 du port où, la veille, la nef du Passeur se trouvait au mouillage. Un navire arkonide, reconnaissable à sa forme sphérique, atterrit en douceur, soutenu par ses anti-g. Il ne lui accorda qu'un coup d'œil distrait et allait reprendre le chemin de la ville, lorsqu'il lui sembla raconnaître une silhouette familière : Egmon, l'un des hommes de Rohun. Avec ses cheveux d'or pâli, il ressemblait davantage à un Arkonide qu'à un Franc-Passeur ; mais, ce qui frappait surtout en lui, c'étaient les yeux, changeant de couleur d'un instant à l'autre comme un caméléon.

— Egmon..., murmura Marshall en le frôlant au passage.

Il capta la pensée du marin, brusquement sur le qui-vive, car il n'avait pas reconnu Marshall sous son déguisement. Un espion ? songeait-il, et sa main, au fond de sa poche, se crispa sur la crosse d'un radiant. Marshall se retourna.

— A votre place, Egmon, je ne tirerais pas !

Le Passeur demeurait méfiant ; il se nomma.

— Galaxie ! s'exclama l'autre. Vous, Ixt ? Voici des heures que je vous guette. Notre capitaine a reçu de mauvaises nouvelles. Il a préféré lever l'ancre et, pour l'instant, mettre en panne entre Tolimon et Denfer, jusqu'à voir comment l'affaire va tourner.

— Quelle affaire ?

— Un membre du clan d'Esgal a été arrêté et passé au psychodélieur.

Le nom ne disait rien à Marshall. Egmon expliqua :

— Tout ce clan pratique la contrebande des médicaments sur une grande échelle ; les Arras le savent, mais sans avoir jamais pu prendre quiconque sur le fait. S'il s'en était tenu à cette spécialité, Esgal aurait encore un bel avenir devant lui.

— Car il ne l'a plus ?

— Il est mort. Sa nef capitane et quinze autres de ses navires ont été détruits, voici quatre ou cinq heures, par les croiseurs des Arras. Ceux-ci sont en alerte. Méfions-nous ! Les parages doivent grouiller d'espions.

— Que reprochait-on à Esgal ?

Egmon jeta un regard inquiet autour de lui, puis chuchota :

— Il a soudoyé un Arra qui travaillait à la station GF-45 et celui-ci lui a livré la formule de conservation du sérum X-1076...

Cette formule n'était pas inconnue à Marshall : Huxul n'avait-il pas été chargé de l'enquête faisant suite à ce vol ?

— Et alors ?

— Cette nuit, Hduzz, du clan d'Esgal, s'est fait prendre ; il a parlé sous hypnose et dénoncé l'Arra, son complice. Esgal en a eu vent ; une indiscrétion sans doute préméditée. Il a tenté de fuir ; mais des croiseurs de bataille l'attendaient au passage et ne lui ont pas laissé une seule chance ! Comprenez-vous, maintenant, pourquoi notre patriarche a préféré mettre quarante années-lumière entre lui et ces bons docteurs galactiques ?

Marshall répondit par une autre question.

— Vous trouviez-vous en liaison très étroite avec les hommes d'Esgal ?

— Personnellement, je n'en sais rien, Ixt. Mais Tullin ou Otznam pourraient vous renseigner, assura le Passeur dont les yeux, une fois de plus, venaient de changer de nuance.

Marshall contrôla brièvement sa pensée : il n'y découvrit aucune trace de mensonge.

— Prévenez Tullin que je désire le rencontrer demain, ici, à la même heure. Est-ce possible ?

— Rien de plus simple !

— A demain, donc.

Et Marshall s'éloigna.

Man Regg, entouré de trois autres Arras, venait d'écouter le rapport du chef de la sécurité pour la station X-p.

— Vous pouvez disposer.

Le fonctionnaire quitta la pièce.

— Votre avis ? demanda Man Regg à ses collègues.

Et tous lui firent la même réponse.

— Un rapport parfaitement négatif. *Mais...*

Trois *mais,* exprimant la méfiance vague que leur inspirait Arga Silm.

Les services de renseignement des Arras, tout comme les responsables de la section X-p, n'étaient pas restés inactifs ; les appels lancés par hypercom, dans tous les coins de l'Empire, avaient permis d'établir minutieusement le *curriculum vitae* de l'étudiante.

Née vingt-trois ans plus tôt sur la planète Dewen, elle avait fait, après une enfance sans histoire, de brillantes études et se spécialisait maintenant dans la zoologie. Ses professeurs chantaient ses louanges : elle était remarquablement douée.

Tous les détails se recoupaient exactement, sans la moindre fausse note. Et pourtant...

Et pourtant, Man Regg n'était pas satisfait. D'accord avec ses collègues, il décida de tenter une expérience. L'un d'eux, Gelte, zoologue, lui aussi, interrogerait Arga Silm, assisté des deux autres médecins ; Man Regg, invisible dans une pièce voisine, brancherait l'interphone pour suivre l'entretien.

Il gagna son poste d'écoute après avoir fait appeler la suspecte.

Celle-ci commença par jouer la surprise de se trouver, non pas devant son chef, mais devant trois Arras inconnus qui la prirent aussitôt sous le feu croisé de leurs questions.

Il lui fallut alors faire appel à tout son sang-froid pour ne pas tomber d'un extrême à l'autre : montrer trop de connaissances pouvait être aussi dangereux que de n'en montrer que trop peu. Une autre fois encore, elle s'en tira à son avantage, en puisant dans l'esprit de ses interlocuteurs les réponses qu'ils souhaitaient entendre. Mais une telle tactique, qui la contraignait à tenir trois cerveaux sous contrôle, exigeait un énorme effort de concentration ; elle avait, en outre, perçu un quatrième influx mental : Man Regg était donc aux aguets dans le voisinage... Pourquoi cette manœuvre ? Elle n'eut pas le temps de sonder Regg, car Assa, l'un des médecins présents, venait soudain de s'exclamer :

— Vous en savez bien long sur la génétique ! En particulier sur la scission provoquée des gènes ! Nous seuls avons travaillé aussi loin dans ce domaine où vous autres, Arkonides, balbutiez encore !

Laury lui dédia son sourire le plus suave.

— J'ai été, comme vous pourrez le vérifier dans mon dossier, l'assistante, pendant un an, du professeur Moguld, un très grand savant, même pour vos normes, n'est-ce pas ?

— Le professeur Moguld ne s'est jamais occupé de génétique, Arga Silm !

— Qu'en savez-vous ? Arkonis ne connaît pas tous vos secrets : vous y veillez jalousement. Pourquoi devriez-vous connaître tous les secrets d'Arkonis ?

— Argument spécieux !

— Est-ce un argument spécieux que la théorie émise par le professeur Moguld, qui soutient que c'est seulement par l'étude approfondie des chromosomes que l'on pourra un jour réaliser ce vieux rêve : l'éternelle jouvence ?

— Sur quelles bases ? grommela Assa.

— En élevant artificiellement, puis en stabilisant, le nombre des chromosomes, par exemple.

Laury souriait toujours, mais, en son for intérieur, brûlait d'excitation, car la panique gagnait Kélise, Assa et Gelte, les trois Arras, tremblant de voir éventer leur plus précieux secret.

La jeune fille n'avait fait que leur présenter leurs propres arguments ; il suffisait, maintenant, que l'un d'eux récapitulât le problème, pour que sa mission s'en trouvât victorieusement terminée. Mais, tout à leur inquiétude, leurs pensées restaient vagues.

Elle allait se risquer à les influencer hypnotiquement pour les amener à plus de précision, lorsque Man Regg entra soudain et la félicita, avouant sans scrupule avoir suivi leur conversation dans la pièce voisine !

Laury parvint, avec une modestie charmante, à rougir du compliment. En son for intérieur, elle rendait grâce aux Services secrets de Terrania et à la merveilleuse efficacité de leur travail ; non seulement elle possédait toutes les connaissances de la véritable Arga Silm, mais encore, elle pouvait tenir son rôle avec d'autant plus d'audace que cette dernière avait été soigneusement retirée de la circulation, à son propre insu, d'ailleurs : elle avait, en effet, considéré comme une aubiane de se voir proposer le poste d'assistante zoologue dans une expédition organisée pour évaluer les ressources d'une planète encore mal connue. Cette planète, comme par hasard, se trouvait à plus de huit cents années-lumière de Tolimon, et sa faune, quoique riche, ne comptait aucune espèce intelligente ; l'Empire, enfin, n'avait pas jugé nécessaire d'y établir une base. La jeune étudiante se trouvait donc coupée du reste du monde, d'autant mieux que l'hypercom de leur nef, comme par hasard encore, était tombé en panne ; son capitaine — un Franc-Passeur — avait été rétribué en conséquence.

Laury, l'entretien reprenant, continua de briller aux yeux des quatre Arras ; Marshall, s'il s'en était douté, l'aurait vertement tancée de se laisser gagner, maintenant trop sûre d'elle, par l'imprudence des débutants ! Sa témérité semblait pourtant porter ses fruits, car Man Regg leva la séance en déclarant :

— Je propose de muter Arga Silm à notre section « Géomorphisme », si vous êtes d'accord.

Ses trois collègues l'étaient, et Laury Marten encore plus. On poursuivait, dans cette section, l'étude de troubles trophiques qui amenaient souvent une altération des tissus de la face chez certains sujets traités au sérum de jouvence et leur donnaient, bien que l'organisme entier demeurât sain et vigoureux, toutes les apparences de la vieillesse.

CHAPITRE V

Il n'y avait rien d'extraordinaire à ce que le luxueux bureau d'Ixt fût équipé d'un hypercom. Au cours des derniers mois, le Marchand galactique avait plus d'une fois conclu des marchés touchant certains animaux d'espèces particulièrement rares avec des Passeurs dont les nefs se trouvaient à des centaines d'années de lumière de Tolimon.

Ce matin-là, John Marshall attendait que la communication s'établît avec un nommé Bet qui — il l'avait appris par Tullin, l'un des agents de Rohun — ramenait à son bord une pleine cargaison d'exemplaires rarissimes. Futgris se tenait près de lui : son avis lui serait précieux pour juger de la qualité des spécimens proposés.

John avait donc appelé le *Bet-765.* Il voulait absolument obtenir l'exclusivité de l'affaire, sachant par expérience que la meilleure façon de s'assurer les bonnes grâces des Arras était de leur offrir, pour leurs expériences, des cobayes toujours nouveaux.

Le visage du capitaine apparut enfin sur l'écran : un homme encore jeune, aux traits lourds et rusés. Un sourire étira ses lèvres minces, lorsque John l'eut informé des raisons de son appel.

— Vous tombez bien ! Je viens de faire escale sur une

planète encore inexplorée. L'atmosphère y serait respirable, s'il n'y régnait partout une atroce puanteur. Mais quel incomparable terrain de chasse ! Je n'ai pas eu le moindre mal pour remplir mes soutes d'animaux splendides dont pas un, j'en suis sûr, n'est encore catalogué par les zoologues de l'Empire ! Je pensais les vendre en bloc aux Arras, mais, après tout, si vous m'en donnez un prix raisonnable , autant vous les céder ! Une minute, Ixt, je vais vous en présenter des échantillons.

L'appareil montrait à présent une cage après l'autre. John, habitué pourtant aux fantaisies les plus aberrantes de la nature, retint son souffle. Bet avait réuni là un assortiment de monstres qui semblait tout droit sorti du pire cauchemar : pieuvres griffues, lézards géants, sauriens ailés, serpents, batraciens, amphibies, et bien d'autres, impossibles à classer plus précisément dans tel ou tel genre.

John jeta un coup d'œil interrogatif à Futgris qui ne cachait pas sa stupeur, mais aussi son enthousiasme devant de si belles pièces.

Celui-ci, après une demi-heure d'âpre marchandage, n'osa en croire ses oreilles en entendant son patron transiger pour la somme, véritablement fabuleuse, de 1,3 million !

L'accord une fois conclu, Marshall exigea de pouvoir prendre une photo de chaque spécimen, pour dresser un catalogue complet de ses acquisitions. Il faudrait, décida-t-il encore, veiller à en faire tirer, avant la fin de la matinée, une cinquantaine d'exemplaires.

Futgris s'affaira pour exécuter cet ordre dans le plus bref délai, ce qui lui valut les compliments de son chef ; plus que jamais, il se félicitait d'avoir la chance de seconder un homme d'affaires d'une telle classe !

John, après avoir franchi divers barrages bureaucratiques, se trouvait enfin en présence de Kolex, un vieil

Arra courbé par l'âge, mais dont les yeux toujours vifs brillaient d'une redoutable intelligence ; c'était lui qui décidait, en dernier ressort, des achats destinés au zoo. Silencieux, il écoutait Marshall lui vanter sa marchandise. Son visage en lame de couteau demeurait impassible, mais ses doigts, sans arrêt, pianotaient sur la table. L'Australien, qui lisait dans sa pensée, savait parfaitement que le vieux renard alertait ainsi toutes les sections qui pouvaient s'intéresser à des animaux encore inconnus.

Plus de vingt autres stations écoutaient maintenant leur entretien. Mais tout se passait encore en paroles, John tardant à présenter son catalogue dont un robot, immobile derrière lui, tenait une pile serrée dans deux de ses bras.

Kolex appuya sur une nouvelle touche : celle qui, enfin, correspondait aux laboratoires de Man Regg.

Comme par hasard, Marshall tendit la main.

— Un catalogue, ordonna-t-il.

Le robot lui en remit un exemplaire ; la pièce s'obscurcit automatiquement et, sur un écran de quatre mètres sur cinq, les images défilèrent, une page après l'autre.

John, nonchalamment renversé dans son fauteuil, attendait avec patience la fin de l'examen. L'Arra ne gardait son calme qu'au prix d'un gros effort : pour un peu, il aurait battu des mains ! Depuis tant d'années qu'il occupait son poste, il n'avait encore jamais vu pareille collection de monstres, atteignant pareille perfection dans l'horreur !

Il lui fallut une heure pour tout examiner à loisir.

Lorsque la lumière se ralluma, John, sans barguiner, fixa son prix : il exigeait 2,1 millions ! Il savait, pour l'avoir lu dans son esprit, que Kolex était décidé à monter jusqu'à cette somme.

Mais l'Arra n'y consentit pas sans lutte ; il tenta d'abord de l'intimidation.

— Ces animaux sont intéressants, je vous l'accorde. Mais ils ne se trouvent pas encore en votre possession. Vous vous êtes contenté de négocier le marché par hypercom, n'est-ce pas ? Croyez-vous qu'il me serait difficile de retrouver trace de ce message ? J'apprendrai avec qui vous avez traité : un Passeur, certainement, à qui nous donnerons à entendre qu'il risquerait, à l'avenir, des ennuis dans nos ports s'il ne fait pas affaire avec nous directement...

Marshall se permit un sourire amusé.

— Voyons, Kolex !...

L'Arra hésita une seconde, désarçonné par ce calme. Puis, à la hâte, il demanda la liaison avec les services de contrôle des communications extérieures ; on lui donna l'assurance qu'il aurait sous peu le renseignement désiré.

L'attente se prolongea. Marshall accentua l'ironie de son sourire.

— Voyons, Kolex ! répéta-t-il. Oubliez-vous donc que je suis un Franc-Passeur ? Et que d'autres Francs-Passeurs ont construit mon hypercom ? Vos appareils sont impuissants à capter certaines de nos longueurs d'onde !

Le service de contrôle, se manifestant à cet instant, vint en donner confirmation : il était impossible de retrouver trace de l'appel en question.

Kolex ne s'avoua pas vaincu.

— L'emploi de tels hypercoms est-il autorisé sur Tolimon, Ixt ?

— Eh ! rétorqua Marshall, suis-je ici pour subir un interrogatoire ? Après tout, Kolex, nous autres, Marchands galactiques, commerçons avec tout l'Empire, ce qui nous vaut des privilèges que je ne suis pas d'humeur à vous voir remettre en question. Vous n'êtes pas le seul à qui je puis proposer cette cargaison : d'autres sauront l'apprécier à sa juste valeur. Adieu, Kolex.

L'implacable soleil de midi écrasait Trulan — la température dépassait, à l'ombre, 45 degrés ! — lorsque l'Arra et le prétendu Franc-Passeur conclurent le marché, à leur mutuelle satisfaction.

Ils étaient, entre-temps, devenus les meilleurs amis du monde !

Deux jours plus tard, le *Bet-765* se posa sur le spatioport de Trulan. Son arrivée fit sensation : jamais on n'avait vu débarquer un tel nombre de cages occupées par des animaux si divers !

Mais les badauds en furent pour leurs frais de curiosité : même les plus obstinés prirent rapidement la fuite, presque asphyxiés par l'odeur épouvantable qui se dégageait des sabords ouverts !

Marshall, la sueur au front, n'eut que le temps de retenir une nausée et de fixer en hâte le filtre respiratoire dont il avait eu soin de se munir : la puanteur déferlait comme les vagues d'un brouillard épais, ravivée à chaque nouveau spécimen débarqué.

Certains Arras — il y avait parmi eux des zoologues chevronnés qui en avaient vu bien d'autres en ce domaine — allèrent jusqu'à perdre connaissance ; les autres imitèrent les curieux dans leur fuite éperdue. L'atmosphère ne redevint quelque peu supportable qu'au bout d'une heure ; on put alors commencer de charger les animaux sur des plates-formes de transport.

Kolex, observant un monstre à tentacules de dix mètres d'envergure, soupira, stupéfait :

— Ces êtres respirent librement dans notre atmosphère et, en même temps, ils répandent de telles exhalaisons ! A n'y pas croire... Ce fait, à lui seul, constitue une anomalie sans précédent. Où en chercher la cause ?

Marshall, feignant le dépit du Marchand galactique qui vient de manquer une bonne affaire, grommela :

— Si je m'étais douté de cette particularité, ce n'est pas deux malheureux millions que j'aurais exigé, mais davantage.

Cette remarque rappela à Kolex qu'il avait tenté de faire pression sur Ixt par des menaces plus ou moins voilées. Il voulut regagner ses bonnes grâces.

— Il n'est bruit, dans toute la ville, que de notre marché ! Vous dirai-je que j'ai, hier, reçu la visite des Services de sécurité ? Avez-vous, sur l'une de nos planètes, fait une entorse à nos lois ? Le fonctionnaire s'est enquis dans tous les détails de vous et des tenants et aboutissants de l'affaire que nous traitions ! Mais comptez sur moi, Ixt : je suis tout prêt à vous aider. Je possède des relations en haut lieu, près de la Défense en particulier.

Marshall sentit un frisson lui courir le long de l'échine. L'Arra lui tendait-il un piège ? Puis il se rassura : Kolex faisait cette offre en toute sincérité.

— Une visite des Services de sécurité ? A mon sujet ? Je n'ai souvenir d'aucune infraction commise... Cet agent a-t-il précisé quel grief il pouvait avoir contre moi ?

— Mais oui, Ixt ! Il s'agit de votre identité : d'après lui, il existerait bien un oiseleur du nom d'Ixt, mais domicilié sur Xylon, dans le système d'Hogur. Quoi qu'il en soit, faites-moi confiance : seriez-vous même un agent double, voire un agent triple, peu m'importe. Je m'efforcerai de vous protéger, pour l'amour de cette merveilleuse cargaison que vous venez de nous procurer ! Je vous le répète, Passeur, faites-moi confiance !

En une seconde, John mesura tout le danger qui le menaçait ; comme il cherchait une réponse qui donnerait le change à l'Arra, il perçut un appel télépathique de Laury.

— *Plus tard !* émit-il.

— *Mais, John, je viens de découvrir au zoo ces humains dont on nous avait signalé l'existence. Il faut...*

Les pensées les plus choisies, mais aussi les pires grossièretés pouvaient s'échanger par télépathie : l'Australien, oubliant toute politesse, recourut à ces dernières pour imposer silence à sa collaboratrice : le moment d'un dialogue mental était vraiment pas trop mal choisi !

Il revint à Kolex.

— Je vous suis infiniment reconnaissant de vos bonnes dispositions à mon égard. Je ne manquerai pas d'y recourir, si l'occasion s'en présente un jour. Mais, pour l'heure, je n'en vois pas l'utilité, car cet autre Ixt, dont vous m'apprenez l'existence sur Xylon, doit être un imposteur : je *suis* Ixt, le seul Ixt authentique...

— Eh bien ! parfait ! Oublions ce petit mystère !

L'Arra souriait. Marshall le sonda, pour chercher ce que cachait tant de bonhomie apparente. Mais, là encore, Kolex était sincère : et s'il redoutait d'autres ennuis pour l'oiseleur et, éventuellement, pour lui-même, cette crainte ne reposait sur rien de plus précis qu'un vague pressentiment.

La voiture, en pilotage automatique, se dirigeait vers la section du zoo réservée aux bombos, petites créatures simiesques et bicéphales, d'une intelligence assez vive pour qu'on leur apprît à parler, voire à lire et à écrire. Laury devait, en plus du couple de binns, en rapporter quelques spécimens.

A un détour de la route, la jeune fille actionna brusquement le frein, stupéfaite. Sur la gauche, succédant au désert, s'étendait une combe verdoyante plantée de peupliers et de bouleaux argentés où se dressait une maison au large toit de chaume ressemblant à s'y méprendre à quelque vieille ferme de Suède.

Laury sauta à terre et courut vers le barrage énergétique limitant ce microcosme. D'un coup d'œil, elle s'assura qu'aucun Frogh ne rôdait dans le voisinage ; sa décision était déjà prise : elle franchirait la frontière invisible ! Cela ne lui serait d'ailleurs pas très difficile, car elle ne possédait pas seulement des dons de télépathie, mais était également capable, en concentrant sa volonté, de modifier le champ d'attraction entre les molécules : elle traversait alors, comme un passe-muraille, n'importe quel obstacle.

Laury se concentra. Sous l'impact de sa force mentale, elle sentit l'écran résister tout d'abord, puis se dissoudre peu à peu. Elle se coula par la brèche qui se referma immédiatement derrière elle.

Cette partie du zoo se trouvait à plus de deux cents kilomètres de la zone accessible au public ; on y remarquait, comme partout ailleurs, le souci des Arras de recréer pour leurs captifs un habitat analogue à celui de leur planète d'origine.

Ainsi, cette ferme nordique aurait très réellement pu se trouver en Suède tant le paysage semblait, jusqu'au moindre brin d'herbe, criant d'authenticité. Mais la maison ?... De *quand* datait une telle maison ? Vue du plus près, certains détails frappaient maintenant Laury, comme l'épaisseur des gonds de la porte et de sa lourde poignée de fer forgé. Un coup d'œil jeté à l'intérieur lui montra un sol de terre battue et une vaste cheminée où une marmite noire de suie pendait à la crémaillère.

« On se croirait ramené en plein Moyen Age ! songea-t-elle. Qui peut bien habiter ici ? »

Mais elle ne captait aucune pensée dans le voisinage et poursuivit ses recherches. Un sentier sinuait entre les arbres, qu'elle suivit rapidement, heureuse de mettre ce rideau de feuillage entre elle et les regards d'une sentinelle frogh survenant mal à propos.

Une nouvelle surprise l'attendait. Presque sans transition, la végétation se modifiait : c'était maintenant celle d'un pays plus sec et plus chaud et, dans ce décor différent, s'élevait un palais dont le syle lui parut évoquer le Mexique d'avant la conquête espagnole.

Laury tenta de rappeler ses souvenirs : la culture aztèque avait rayonné sur ce pays, avant d'être anéantie par Cortez et ses soudards, vers les années 1500 et quelques...

La ferme suédoise remontait-elle à la même époque ?

La jeune fille sursauta. Un homme venait de sortir de l'un des portails latéraux. Grand et large d'épaules, il marchait lentement sur le chemin dallé menant à une fontaine dont l'eau vive retombait dans un bassin de pierre où des nénuphars étalaient leurs feuilles rondes étoilées de fleurs pâles. Il s'assit sur la margelle, sans soupçonner d'abord la présence de Laury qui, fascinée, s'approchait pas à pas.

Une brindille craqua sous son pied.

Au bruit, l'homme se dressa d'un bond, la main sur la garde de son épée, prêt à pourfendre l'arrivant. Puis, comprenant qu'il s'agissait d'une arrivante — et fort jolie, de surcroît — toute son attitude changea en une seconde. Otant son chapeau à longue plume, il en balaya l'air, en un salut cérémonieux.

Laury le contemplait avec admiration, comme une petite fille devant une trop belle poupée. Car l'inconnu était splendide, d'un type étrange où s'alliaient superbement les caractères d'une double ascendance indienne et espagnole. Il avait les cheveux très noirs et les yeux d'un brun liquide, pailletés d'or, les pommettes hautes et le menton aigu. Son nez un peu fort se busquait avec arrogance ; ses lèvres pleines, admirablement ciselées, en prenaient, par contraste, une douceur presque féminine.

Laury, sous la flamme de son regard, sentait son cœur battre à se rompre. Elle n'était plus, soudain, la mutante en mission, orgueilleuse de son appartenance à la Milice de Sol, mais une adolescente intimidée...

— Qui êtes-vous ? parvint-elle à murmurer.

Il répondit, usant comme elle de la langue des Arras :

— Comte Rodrigo de Berceo, fils du comte Juan de Berceo et de la princesse aztèque Uxatelxin, né au Mexique en l'an de grâce 1652. Vingt-deux ans plus tard, je fus enlevé et conduit céans, en ce palais qui n'est, en vérité, qu'une geôle sans barreaux. Désirez-vous en apprendre davantage ?

1652 ! Et l'on en était, sur la Terre, au mois de mai 2040 !

Or le comte de Berceo, quatre fois centenaire, paraissait n'avoir même pas dépassé la trentaine...

Laury ne se lassait pas de le contempler, s'habituant peu à peu à son costume d'un autre âge : hautes bottes à revers, montant à mi-cuisses sur des chausses de velours, veste courte et ceinture à large boucle ; de fines dentelles bordaient le col et les poignets de la chemise immaculée. Des pierres précieuses ornaient le fourreau et la garde de son épée et, sur la poitrine, il portait en sautoir une plaque d'or ciselé où rayonnait l'image du Dieu-Soleil aztèque.

Ce serait un sacrilège, songeait vaguement Laury, que de contrôler les pensées d'un si noble seigneur... Puis un peu de raison lui revint, avec le sens du devoir : le succès de son entreprise passait avant tout ! Elle s'y résigna, mais à contrecœur, étonnée de ses scrupules et du trouble grandissant qui l'envahissait. Elle sonda donc l'esprit du fier hidalgo et sut en un instant qu'il avait dit vrai : c'était bel et bien en 1652 qu'il avait vu le jour !

Marshall devait être informé d'urgence de la nouvelle. Mais son message se heurta à un refus brutal de l'Australien : il n'avait pas le loisir, pour l'heure, de s'intéresser à ses découvertes ; qu'elle reprenne contact avec lui plus tard, à un moment moins inopportun. Elle tenta d'insister ; mais Marshall coupa court, après une volée de pensées malsonnantes.

Laury fronça les sourcils. Rodrigo, qui la dévorait du regard avec un ravissement qu'il ne cherchait pas à dissimuler, s'inquiéta aussitôt, se croyant le responsable de ce déplaisir manifeste. Il tomba à genoux devant elle, lui saisit les mains et les couvrit de baisers passionnés, la suppliant de l'absoudre s'il avait eu le malheur extrême de s'attirer ses rigueurs : peut-être avait-elle pris pour de l'impertinence ce qui n'était que l'irrésistible extase d'un infortuné que frappait d'éblouissement sa beauté nonpareille...

En toute autre circonstance, Laury Marten, fille d'un XXIe siècle pragmatique où l'on étudiait plus volontiers les cartes stellaires que la carte du Tendre, aurait beaucoup ri d'un tel langage dont l'outrance n'allait pas sans frôler le ridicule. Elle ne s'en avisa même pas, délicieusement émue par la sincérité de ces compliments murmurés d'une voix chaude et passionnée. Elle ne comprenait pas ce qui lui arrivait. Une chose bien simple, cependant : elle était, après tant d'autres, en train de découvrir l'amour. L'amour qui se moque des mots et des modes, des siècles et de l'espace...

John Marshall et les deux agents de Rohun étaient convenus de se retrouver au *Palais des Rêves.*

Où seraient-ils plus en sûreté que dans cette maison de plaisir de mauvaise réputation à l'accès formellement interdit aux Arras ? L'entrée, en revanche, restait libre pour les marins et autres étrangers débarquant au spatioport ; ils pouvaient, moyennant finances, y goûter au plus grand choix de drogues euphorisantes et hallucinogènes en usage dans la galaxie.

L'Australien demanda du herfnis et paya d'avance, comme le voulait la coutume. Un robot le conduisit dans une vaste salle bordée de portes qui semblaient toutes s'ouvrir sur un trou noir : il s'agissait simplement d'un rideau d'énergie assurant au client une invisilité totale dans la cabine qu'il avait louée.

Le robot lui désigna une de ces alcôves ; John en franchit le seuil et sembla s'y fondre comme un fantôme. La pièce était petite, sans autre meuble qu'un divan bas. Un bol contenait quelques feuilles de herfnis qu'il suffisait de froisser entre les paumes pour plonger d'un seul coup dans un monde de lumières éblouissantes, une orgie de clartés fluctuant à grandes vagues lentes sur un rythme qui brisait délicieusement les nerfs.

Evitant soigneusement le flot de pensées extatiques ou délirantes des autres usagers, John se concentra sur l'entrée principale où il ne tarda pas à reconnaître l'influx mental de Tullin et d'Egmon. Ceux-ci, qui éprouvaient une saine aversion pour la drogue, n'appréciaient guère de se risquer en ce bouge. Tullin, de mauvaise humeur, grommelait justement :

— Entrer là-dedans, passe encore ! Mais comment allons-nous faire pour y retrouver Ixt ?

Marshall régla sur eux son radiant-psi, les guidant comme des somnambules à travers le dédale des couloirs, pour les amener devant la porte de sa cabine dont il neutralisa pour une seconde le rideau d'énergie.

Les deux Passeurs ne perdirent pas de temps à exprimer leur surprise. Ils entrèrent et, comme il n'y avait pas d'autre siège, prirent place près de lui sur le divan. Tous deux jetèrent avec dégoût une poignée de pastilles dorées sur le sol.

— Dommage pour tant de bon argent perdu ! Des « perles de songe », je vous demande un peu ! Comme si je n'avais déjà pas assez de mes propres cauchemars...

— Quels cauchemars, Tullin ?

— Le dernier en date, Ixt, est une nouvelle invention des Arras. Nous savons maintenant comment ils ont pu prendre les hommes d'Esgal sur le fait et détruire, en représailles, le clan tout entier. Ces maudits médecins ne savent qu'inventer pour empoisonner l'existence d'honnêtes commerçants ! Figurez-vous qu'ils ont adjoint maintenant à leurs robots de travail d'autres robots tout semblables en apparence, mais qui sont, en réalité, des *mouches,* des espions positroniques. A la moindre irrégularité, si minime soit-elle, ils donnent l'alarme. On ne peut plus nulle part se sentir en sécurité... A propos de sécurité, Ixt, et ici ? On nous observe peut-être ?

— Mais non, Tullin, rassurez-vous.

— Facile à dire ! remarqua Egmon dont un œil virait au bleu vif, l'autre au corail clair.

— Nous n'avons plus qu'à plier bagage reprenait Tullin. Avec un tel système de contrôle, cette planète nous est maintenant interdite. Quel malheur ! Les affaires y marchaient si bien !

John Marshall ne sourit même pas de l'indignation du Passeur. Comme les siens, ses espoirs venaient de s'écrouler. Arga Silm pouvait redevenir Laury Marten et interrompre définitivement sa carrière de zoologue : si de vieux routiers de la contrebande, habitués à toutes les ruses, déclaraient que le terrain était désormais devenu trop brûlant à Tolimon, quelles chances avaient-ils, elle et lui, de mener à bien leur mission ? Tout au plus parviendraient-ils, s'ils s'obstinaient, à attirer sur eux l'attention des Arras qui les reconnaîtraient peut-être pour des agents de la Terre, la Terre que chacun, dans tout l'Empire, tenait pour détruite depuis plus de cinq décennies.

Egmon intervint alors dans le débat.

— Ce soir, déclara-t-il, je prends livraison de six mille *shaks.*

L'Australien releva la tête et fixa le Passeur. Si celui-ci disait la vérité, ses assertions contredisaient les sombres pronostics de son compère quant à l'infaillibilité de la surveillance exercée. Lequel fallait-il croire ? Tullin se dressa, menaçant :

— Egmon ! Comment peux-tu prétendre... ?

— Je ne prétends pas : j'affirme. Avec ça.

Et Egmon tira de sa poche un petit objet métallique qui ressemblait au diapason en usage sur la Terre, et qui en était un, d'ailleurs. Il sourit ; ses yeux, redevenus semblables, brillaient maintenant du même éclat violet.

— Que les Arras continuent de mitonner leurs décoctions ! Ils peuvent être bons médecins, mais ils sont ignares en robotique. Ces nouveaux « contrôleurs » ont tous un défaut de construction et nos savants docteurs n'en ont pas le moindre soupçon !

— Vas-tu enfin t'expliquer ? le pressa Tullin.

Le sourire du grand Passeur blond s'élargit.

— A l'heure actuelle, la vente de tels diapasons doit faire florès à Trulan ! Vous ne comprenez pas ? C'est pourtant simple... Les contrôleurs, comme je vous le disais, ont une paille : ils sont allergiques à la note *sol*. Que se passe-t-il dans ce qui leur sert de cervelle lorsqu'ils entendent résonner ? Je l'ignore. Tout ce que je peux vous affirmer, c'est qu'elle les rend stupides et incapables aussi bien de s'autoréparer que de signaler à la centrale qu'ils ont été court-circuités. Ce qui vous explique pourquoi j'espère bien, ce soir, entrer sans problèmes en possession de *shaks*.

Il s'agissait là, Marshall le savait, du remède à une maladie nerveuse que les plongées successives déterminaient chez certains astronautes. Les Arras, qui ne souhaitaient nullement voir baisser les prix, n'en mettaient jamais qu'une quantité relativement restreinte sur le marché.

Tullin, d'abord incrédule, finit par se laisser convaincre de l'efficacité du diapason.

— Voilà une bonne nouvelle ! Mais j'en ai une autre moins agréable pour vous, Ixt ! Nous avons mis dix-huit agents sur l'affaire : or il s'en est fallu d'un cheveu qu'Egmon ne soit arrêté. De mon côté, je me suis occupé d'Huxul : il a eu un accident et se trouve à l'hôpital ; les Arras ne pourront pas l'interroger avant dix jours.

— Quel genre d'accident ? demanda Marshall d'une voix sèche.

Il pressentait le pire, connaissant la haine implacable que, pour des raisons qu'il n'avait jamais précisées, Tullin vouait aux Arras ; il n'avait donc certainement pas ménagé ses victimes.

— Oh ! rien de bien grave. Une simple piqûre, mais de *gerf*, un produit que ces messieurs des Services de sécurité eux-mêmes ne dédaignent pas d'employer : un somnifère qui vous met en catalepsie pour dix jours au moins.

— Pourquoi cette ruse grossière qui ne fait qu'attirer l'attention sur Huxul ? On aura vite fait de découvrir que ses rapports à mon sujet sont sujets à caution !

— C'est sans importance maintenant, Ixt ; voyez ceci, intervint Egmon en tendant un feuillet à l'Australien.

— De quoi s'agit-il ?

— La preuve établie par les Arras que le véritable Ixt est bien celui qui se trouve en ce moment sur Xylon, dans le système d'Hogur. A ce propos, qui êtes-vous ?

— Je serais curieux de l'apprendre, moi aussi, renchérit Tullin. Si je ne savais pas avec certitude que Rhodan est mort et Sol III anéanti, je ne serais pas loin de supposer que vous êtes un de ses agents et...

— Moi, un agent de Rhodan ? Tullin, vous n'allez pas me dire que vous croyez aux fantômes ! protesta Marshall en riant.

Mais, en même temps, il sondait fébrilement l'esprit des deux Passeurs : auraient-ils, par hasard, des soupçons ? Puis il se rassura : l'hypothèse de Tullin n'avait été qu'une boutade sans signification.

— Egmon, reprit-il, si vous m'expliquiez, plutôt, ce que signifie au juste ce feuillet ?

— Ixt, je n'aurais pas pris de moi-même un tel risque si notre commandant ne nous avait recommandé de ne rien épargner pour vous venir en aide. Ce rapport que vous tenez en main a été établi par le cerveau positronique de Tolimon, après qu'on lui eût fourni le détail de toutes les irrégularités relevées à votre sujet ; je l'ai subtilisé à votre intention.

— Mais ce vol ne va pas manquer d'être découvert !

Marshall connaissait la minutie qu'apportaient à leur travail les bureaucrates arras : ils auraient rendu des points à ceux de la Terre.

— Dix-huit agents sont à l'œuvre, le rassura Tullin. Trois d'entre eux se sont insinués dans les services de la Défense. Ixt, il n'existe plus, sur toute la planète, un seul dossier vous concernant. Cela ne vous assure-t-il pas, dans les jours prochains, une marge de sécurité suffisante pour…

Il s'interrompit net : au *Palais des Rêves,* tous les rideaux d'énergie venaient de s'abattre d'un seul coup.

Arkonides, Passeurs, humains, humanoïdes et non-humain, que l'attirance du même vice y avait réunis, éclatèrent en protestations indignées, ceux, du moins, qui gardaient encore leurs esprits, car nombre d'entre eux gisaient à même le sol ou sur des couchettes, encore plongés dans l'inconscience des paradis artificiels. Avec la brusque disparition des écrans, c'en était fait du strict incognito que le *Palais des Rêves* se flattait d'assurer à ses visiteurs.

La foule houleuse se figea lorsque retentit une voix amplifiée par un haut-parleur.

— Ordre des Services de sécurité ! Toutes les issues sont gardées ; que personne ne tente de quitter le *Palais des Rêves.*

Tullin et Egmon s'étaient figés ; la même expression

se lisait sur leur visage : « Cette fois, notre compte est bon. »

Marshall glissa le feuillet dans sa poche et se leva tranquillement. D'un geste, il fit signe aux deux Passeurs de le suivre. Tandis qu'il se mêlait tout d'abord à un groupe gesticulant de marchands galactiques, il se concentrait pour retrouver dans sa mémoire le plan du palais et le nombre de ses portes : il y en avait huit, qu'il sonda rapidement l'une après l'autre ; à la cinquième, il grimaça un sourire. Il reprit alors sa marche, Egmon et Tullin sur les talons. Ceux-ci restaient passifs : pour eux, les dés étaient jetés et peu leur importait d'être arrêtés par les Arras dans une salle ou dans une l'autre. Ils longèrent le couloir qui menait à la porte V que surveillaient six Arras bien armés. Trois d'entre eux cachaient mal leur mécontentement ; contraints de participer à cette brusque rafle, ils avaient dû renoncer à des projets personnels plus agréables.

Tout à leur déconvenue, ils n'opposèrent aucune résistance au radiant-psi de Marshall. Leurs trois collègues, pleins de zèle, ceux-là, ne furent qu'à peine plus difficile à maîtriser mentalement ; ils devraient tous les six feindre de les soumettre au contrôle le plus sévère. Au détour du couloir, Tullin les aperçut et tenta de reculer.

— J'ai trois fulgurants dans mes poches ! Donnez-moi le temps de m'en débarrasser.

— Inutile, assura l'Australien. Venez.

Tullin, résigné, obéit. Ils atteignirent la porte V et chacun d'eux fut aussitôt encadré par deux fonctionnaires à l'air féroce. Tullin, qui se trouvait juste derrière Marshall, n'en menait pas large en songeant à l'artillerie qu'il détenait indûment. Puis, soudain, il crut rêver — n'était-il pas, d'ailleurs, au *Palais des Rêves ?* — en voyant les deux Arras lui rendre ses armes sans autre commentaire qu'un bref :

— Passez. Au suivant.

Le suivant était Egmon dont les yeux, arrondis de stupeur, étaient maintenant du vert vitreux des groseilles à maquereau.

Une fois dehors et perdus dans la foule qui emplissait les rues, les deux Passeurs laissèrent éclater leur joie de s'en être tirés à si bon compte. Ils ne comprenaient pas, toutefois, à quel miracle ils le devaient.

— Savez-vous, demanda Marshall, ce qui a motivé cette descente ? Que cherchaient les Arras ?

— Pas nous, en tout cas, protesta Tullin.

— Mais si, justement ! Sinon vous deux ensemble, du moins Egmon.

— Moi ?

— Mais oui. La mise en service des robots de contrôle n'a pas été limitée aux laboratoires comme vous le supposiez. Il y en a maintenant partout ; l'un d'eux a pu observer Egmon dérobant son rapport au cerveau P central et il a donné l'alarme.

Le Passeur blond devint livide ; ses prunelles passaient par toutes les nuances de l'arc-en-ciel. Tullin, moins émotif, protesta :

— Comment pouvez-vous en être sûr ? Je commence à en avoir assez de vos manigances et...

— Du calme. Taisez-vous.

Les mots murmurés étaient si pressants que le Passeur obéit ; Marshall n'avait pas trop de toute son attention pour prendre sous son emprise un Arra de la Défense dont il avait perçu les pensées et qui, les ayant vus de loin, se dirigeait vers eux à pas pressés. Il s'arrêta devant Egmon, une main dans sa poche ; il y tenait, de toute évidence, une arme braquée.

— Egmon, du clan de Rohun..., commença-t-il.

Marshall n'eut que le temps de retenir Tullin, prêt à foncer sur l'Arra. Ce dernier changea soudain d'attitude : son air agressif fit place au plus large sourire.

— Egmon, reprit-il, quel plaisir de vous revoir ! Je suis pressé, malheureusement, mais nous aurons une autre fois le temps de bavarder. A très bientôt, n'est-ce pas ? En attendant, bonne chance, et portez-vous bien.

Il sourit amicalement et, tournant les talons, s'éloigna. Les deux Passeurs n'en croyaient pas leurs yeux.

— Ixt, que s'est-il passé ? Qu'avez-vous fait à cet homme ?

— Peu importe, coupa Marshall. Egmon, êtes-vous maintenant convaincu, que c'est après vous, bel et bien, que les Arras en ont ?

Les trois hommes, à la hâte, gagnèrent l'un des trottoirs roulants qui les ramèneraient vers le centre de Trulan. Se remettant un peu de sa surprise, Egmon trouva le loisir de demander :

— Par les étoiles ! Ixt, d'où savez-vous tant de choses ?

John Marshall ne répondit que par une question :

— Qu'allez-vous faire, Egmon ?

— Je n'ai pas le choix : Rohun doit venir me chercher et me prendre à son bord ; les Arras ne renoncent jamais et quelqu'un qu'ils recherchent finit, tôt ou tard, par tomber entre leurs mains. Quel dommage, tout de même, conclut-il, de manquer cette belle affaire des six mille *shaks* !

CHAPITRE VI

Deux jours durant, John vécut dans l'inquiétude, craignant être arrêté d'une minute à l'autre ; puis, devant l'inaction des Arras, il se rassura peu à peu.

Il rendit pour la seconde fois visite à Kolex dans un dessein intéressé : il espérait, en effet, entrer grâce à lui en contact avec le groupe des médecins travaillant à la mise au point du sérum de survie. C'est pourquoi il l'avait appâté avec la vente de cette cargaison d'animaux rares. La manœuvre semblait porter ses fruits, car Kolex se montra la politesse même.

Il commença, naturellement, par reparler des animaux de la planète puante.

— Il ne s'agit pas d'animaux, d'ailleurs, précisa-t-il, sauf pour huit d'entre eux. Tous les autres sont des créatures intelligentes, Ixt ; quelques-uns dépassent même les Froghs dans ce domaine. La nouvelle a fait sensation ; tout le monde m'admire et me félicite, à présent, pour avoir osé risquer deux millions dans l'affaire.

Kolex rayonnait ; sa reconnaissance envers Ixt, à qui il devait de tenir ainsi la vedette, n'était pas feinte.

— Ces captifs ne sont-ils pas à plaindre, Kolex ? demanda John.

Il venait d'aborder un point délicat. Piqué au vif,

Kolex protesta : la science ne passait-elle pas avant tout ? Et, pour mieux le convaincre, il eut la langue trop longue, exposant les recherches entreprises quant au fameux sérum.

— Pour le produire, il nous faut des donneurs, Ixt, et des donneurs en bonne santé, toute maladie risquant de fausser le résultat final. Croyez-moi, je vous le jure, jamais prisonniers ne trouveront séjour plus agréable que dans notre zoo.

— Allez-vous aussi garder derrière ces grilles les spécimens que je vous ai livrés ?

— Pour l'instant, oui. Nous y sommes contraints, nos recherches abordant un domaine galactique qui exige, à dire vrai, le secret le plus absolu. Voyez-vous, je ne devrais même pas y faire allusion. Ah ! Ixt, ne me regardez pas de cet air de reproche, je me doute bien que vous pensez aux lois éditées par le Régent d'Arkonis ; mais, après tout, c'est parfois faire œuvre pie que de contrevenir aux lois, surtout pour un enjeu d'une telle importance.

— Hum ! répondit Marshall, sans se compromettre. En même temps, il lisait dans la pensée de Kolex : celui-ci songeait que les siens, pour obtenir des résultats satisfaisants, devaient employer des cobayes que leur Q.I. plaçait dans les classes C, B et même A, la plus haute. Or, dans tout l'Empire, des expériences de ce genre n'étaient autorisées que sur des créatures que leur très bas quotient d'intelligence plaçait sans doute possible au rang des animaux ; qu'une telle infraction fût connue et les Arras risquaient fort de voir le Régent donner l'ordre d'anéantir leurs bases, sinon leur race tout entière.

Le Régent d'Arkonis, en bon robot, ne se contentait pas de demi-mesures.

Kolex, soudain conscient de son imprudence, détourna la conversation, mais il s'était déjà trahi : les

Arras, Marshall en était maintenant certain, fabriquaient bel et bien le remède qui sauverait Thora et Krest.

***

Quatre Terriens du XVIIe siècle étaient gardés prisonniers au zoo galactique et Laury Marten avait, après Rodrigo, rencontré les trois autres : Mtumbo, un Cafre stupide et superstitieux, et Alf Tornsten, paysan suédois plongé dans une incurable apathie ; le fait de ne pas vieillir, phénomène qui lui demeurait incompréhensible, avait brisé en lui tout ressort. Il y avait aussi Nara, la Mongole ; au contraire de ses compagnons d'infortune, elle était très âgée et, devenue folle, ne quittait guère sa tente de feutre.

Mtumbo et Alf Tornsten baragouinaient quelques mots d'intergalacte et d'arkonide. En revanche, le comte Rodrigo de Berceo possédait admirablement les deux langues.

Pour la troisième fois, Laury lui rendait visite, une visite que tous deux attendaient avec la même fièvre, car ils étaient, dès le premier regard, tombés éperdument amoureux l'un de l'autre.

Laury en oubliait le précieux sérum que Rhodan lui avait donné mission de rapporter. Le stellarque était si loin et Rodrigo si proche... Rien ne comptait pour elle que ces instants trop brefs où il la prenait dans ses bras.

Il trouva tout de même le loisir de lui narrer comment, alors qu'il se promenait dans les immenses domaines de son père, il avait vu descendre du ciel une machine volante qui lui avait donné la chasse ; son cheval et lui-même avaient été mystérieusement paralysés. Des inconnus, mettant pied à terre, s'étaient emparés de lui, puis l'avaient conduit à bord et enfermé dans une cabine où se trouvaient déjà les trois autres prisonniers ; on les avait nourris convenablement, mais sans guère s'occuper d'eux, jusqu'au moment où on les avait débarqués à Trulan, puis parqués comme des animaux en ces lieux qui étaient une caricature de leur pays d'origine. Une invisible barrière leur en interdisait toute fuite.

Retrouvant vaguement le sens du devoir, Laury lui demanda comment il se faisait qu'il n'avait, depuis si longtemps, qu'à peine vieilli. Rodrigo lui parla d'un immense édifice qu'il décrivit assez minutieusement pour qu'elle pût y reconnaître la station X-p. Des médecins l'y avaient examiné pendant des semaines et enfoncé à plusieurs reprises des aiguilles sous la peau.

« Ils lui ont certainement fait des piqûres », songea Laury.

— Un jour, conclut le jeune homme, je tirerai vengeance de mes tortionnaires ; avec quelle joie je plongerai mon épée dans leurs carcasses infectes ! Cette inaction me ronge : voyez, mon aurore blonde, comme la lame se rouille au fourreau, quand je voudrais la rougir du sang de nos ennemis !

Et, d'un geste large, il dégaina. L'acier damasquiné étincela au soleil ; les taches de rouille évoquées n'étaient qu'une figure de style, le comte de Berceo aimant trop ses armes pour n'en point prendre le soin le plus jaloux. Laury le rassura : cette heure tant attendue ne tarderait plus à sonner ; elle-même s'y employait activement de son côté. Son seul but était, désormais, d'arracher Rodrigo aux griffes décharnées des Arras. Car, elle en avait maintenant l'enivrante certitude, elle l'aimait et lui-même lui rendait son amour. Plus rien ne comptait pour elle que de se retrouver dans ses bras, de s'abandonner à ses étreintes. Rodrigo était un amant aussi fougueux qu'expert ; il savait également tourner le madrigal avec une grâce exquise : nul encore, par exemple, ne l'avait jusqu'ici nommée « mon aurore blonde ». Et pour cause ! Laury oubliait simplement que, sur Terre, elle était brune au naturel !

Rodrigo, qui avait perdu la notion du temps, ne put lui expliquer à quand remontait au juste la dernière injection de sérum. Il l'évaluait, vaguement, à quatre-vingt-dix années de Sol, ce qui était plausible si l'on songeait que les Arras, grâce à leur science, pouvaient espérer vivre un demi-millénaire.

Ces renseignements, pour fragmentaires qu'ils fussent, lui prouvaient cependant que c'était bien à la station X-p qu'on procédait aux expériences touchant le sérum de survie. Ils ravivaient également ses remords, car ils lui rappelaient aussi *pourquoi* elle se trouvait sur la planète Tolimon : pour le salut de Thora et de Krest. Elle avait une mission à remplir et se devait de rendre compte de ses moindres progrès à son chef, John Marshall. Or ce dernier n'était même pas averti de l'existence du comte de Berceo.

Mais n'était-ce pas sa faute, après tout ? Il s'était montré si grossier !

***

Laury, qui n'osait quitter son service pour de trop longues absences, venait de s'arracher avec peine aux délices d'un nouveau rendez-vous. S'arrêtant devant la barrière énergétique, elle la désintégra et se retrouva sur la route. A ce moment, un Frogh, déroulant ses anneaux, sortit de derrière un rocher qui l'avait dissimulé jusque-là.

Glacée sous son regard de basilic, Laury perdit un instant la tête. Elle n'était même plus capable de trouver la fréquence mentale du gardien pour lire dans sa pensée.

— Mes supérieurs apprendront certainement vos exploits avec le plus grand intérêt, Arga Silm. Comment faites-vous donc pour franchir un champ d'énergie encore activé ?

Si elle avait suivi sa première impulsion, Laury aurait abattu le Frogh sur place ; mais la mort d'une sentinelle n'aurait fait qu'empirer les choses.

Une autre solution s'imposait donc, un recours à la ruse. Mais laquelle ? Le doux épuisement où la laissaient deux heures passées auprès de Rodrigo émoussait ses réflexes et sa présence d'esprit ; il lui fallait absolument réagir. Elle tira de sa poche une boîte de pilules stimulantes et en absorba une.

Ses forces lui revinrent immédiatement, tandis que le Frogh s'approchait et s'informait avec méfiance :

— Que venez-vous d'avaler, Arga Silm ?

Trop occupée à chercher une échappatoire, elle ne prit pas la peine de lui mentir. Le Frogh parut immédiatement intéressé.

— Laissez-moi en goûter une.

Laury, pour gagner du temps, accéda à sa demande. Le Frogh rampa vers elle ; sa longue queue annelée crissait sur le gravier. Il tendit l'une de ses palpes.

A peine avait-il croqué la pastille que son corps se raidit, comme tétanisé ; puis, après un instant d'immobilité, il s'affala de tout son long sur la route, poussant d'aigres gloussements qui étaient peut-être un rire. Laury, inquiète, porta la main à son radiant. Le Frogh le remarqua ; il se redressa lentement, les palpes écartées.

— Vous aurais-je fait peur, Arga Silm ? Veuillez, je vous prie, m'en excuser, je ne voulais que...

— Que me dénoncer aux Arras, tout simplement !

Le Frogh certainement se moquait d'elle et la colère qu'elle en éprouvait venait de balayer ses craintes, lui rendant sa combativité.

— Arga Silm, protesta la sentinelle d'une voix qui n'était plus qu'un murmure, soyez sûre de ma discrétion, si vous consentez demain à m'apporter d'autres pilules ; donnez-m'en mille et vous pourrez, à l'avenir, me considérer comme votre plus fidèle serviteur, Arga Silm.

Et il souligna d'un nouveau gloussement son étrange proposition. La mutante en resta stupéfaite, puis elle comprit soudain : le Frogh était ivre, tout simplement soûlé par la drogue comme par un alcool. Son état ne cessait d'empirer. Les paupières mi-closes, ses yeux de vipère prenaient une expression presque humaine et perdaient leur froideur pour se faire amicaux ; d'une voix maintenant suppliante, il ne cessait de mendier :

— Vous m'en procurerez d'autres, n'est-ce pas, Arga Silm, beaucoup d'autres ?

— D'accord. Mais, en échange, vous garderez le silence.

— Je le garderai, Arga Silm, et si vous le souhaitez, je neutraliserai même pour vous le barrage d'énergie. Je ferai tout ce que vous voudrez, mais revenez ici demain, avec des pilules. Vous verrez, vous ne regretterez pas de me faire confiance.

Laury Marten reprit son service à la station X-p, s'attendant à être arrêtée d'une minute à l'autre ; mais la journée s'acheva sans incident.

Agzt, le Frogh amateur de paradis artificiels, avait donc tenu sa promesse de ne pas avertir ses supérieurs.

CHAPITRE VII

John Marshall venait d'envoyer par hypercom un cinquième rapport à Perry Rhodan, toujours sur Denfer, et passait maintenant sur la fréquence de Rohun. Le brouillage était branché, nul indiscret ne capterait ces communications.

— Rohun, dit-il, j'ai besoin de mon navire. Qui peut me l'amener à Trulan ? Otznam ?

Le visage du capitaine passeur s'allongea.

— Ixt, je vous mets en garde, une fois de plus : vous jouez avec le feu. Ce qu'Egmon m'a raconté de vos entreprises m'a fait vieillir de cent ans pour le moins. Si vous continuez de la sorte, nous allons tous nous retrouver sur la liste noire des Arras. Ai-je besoin de vous préciser ce que cela signifie ? Nous serons massacrés jusqu'au dernier.

Marshall ne s'en émut pas.

— J'ai besoin de mon navire, répéta-t-il. Quand Otznam va-t-il me l'amener ? Ou bien ne puis-je plus compter sur lui ni sur vous ? Je croyais que vous m'aviez donné votre parole de venir à mon aide en tout lieu et en toute circonstance où je vous demanderais du secours. Me serais-je trompé ?

A quarante années-lumière de là, Rohun s'étrangla de colère.

— Je suis un Marchand galactique, Ixt, cria-t-il, et pas un Arra ! Je tiens à mes promesses, moi ! Je vous interdis d'en douter. Je vous expédie Otznam avec votre navire. A propos, j'y ai jeté un coup d'œil ces jours derniers ; on croirait une corvette de guerre. Où a-t-il été construit, Ixt ?

Le mutant feignit de ne pas entendre.

— Savez-vous où se trouve Tullin, Rohun ? Je l'ai cherché vainement dans tout Trulan.

— Il est ici et il accompagnera Otznam, mais il aura une affaire à régler pour moi. Ne lui confiez donc aucun travail, Ixt.

— Auriez-vous peur ?

— Mieux vaut un couard en vie, mon cher, qu'un héros sur la table de dissection des Arras !

Marshall dressa l'oreille. La boutade du patriarche venait confirmer ses renseignements : les Arras violaient bel et bien la loi d'Arkonis interdisant toute expérience sur des créatures intelligentes.

— Terminé, Rohun.

Marshall coupa la communication, un message de Laury lui parvenant : elle annonçait qu'elle avait découvert, à la section X-p, une ampoule de sérum de jouvence préparé pour un essai qui aurait lieu sous peu.

Marshall rebrancha l'hypercom : Rhodan devait être informé de la bonne nouvelle.

Lorsque Futgris pénétra dans le bureau de son chef, celui-ci lisait le premier rapport envoyé par Kolex sur la cargaison qu'il avait achetée à prix d'or : vingt et une espèces y auraient été dénombrées, toutes très différentes les unes des autres, sauf par leur quotient d'intelligence, du groupe A 1.

Un groupe dans lequel se rangeaient les Arkonides, les Arras et les marchands galactiques !

Futgris semblait inquiet.

— Trois agents de la sécurité demandent à vous voir, monsieur.

Marshall le rassura d'un sourire.

— Vraiment ? Eh bien ! qu'ils entrent ! Il ne faut jamais faire attendre de si importants personnages.

*
* *

Agzt, le Frogh, guettait Laury Marten au bord de la route. Il tendit avidement une de ses palpes vers le petit paquet qu'elle lui tendit.

— Cinquante pilules seulement ? se plaignit-il, déçu.

Laury, qu'avait cessé d'effrayer le monstre vermiforme, posa la main sur son flanc. La peau du Frogh avait la consistance du cuir. Laury se rendit compte qu'il nageait une fois de plus en pleine euphorie.

— Cinquante pilules, Agzt. Tu sais parfaitement que je me refuse à t'en apporter davantage, car ce remède, bienfaisant pour les Arras ou les Arkonides, risquerait, à trop hautes doses, de te faire mal. Veille à te rationner, car il pourrait se trouver que je sois empêchée de venir à notre rendez-vous plusieurs jours de suite.

Le Frogh se balança sur son arrière-train, comme un gigantesque mille-pattes ; il l'assura une fois de plus de son éternelle reconnaissance.

Laury, ainsi qu'elle en avait maintenant pris l'habitude, lui ordonna de faire le guet ; il devait l'avertir immédiatement si quelque véhicule se montrait à l'horizon ; puis elle franchit le barrage et courut à son rendez-vous.

Rodrigo l'attendait sous le grand portail, mais, cette fois, il n'agita pas son chapeau à plume en l'apercevant. Son visage était sombre, et c'est sans un mot qu'il la serra dans ses bras.

— Mon chéri, que se passe-t-il ?

Elle lui caressa le front où de profondes rides s'étaient creusées. Rodrigo ne la regardait même pas, les yeux fixés au loin ; ses lèvres serrées n'étaient plus qu'une ligne mince : la colère et l'indignation se lisaient sur ses traits ravagés.

— Demain, les Arras viendront me chercher, dit-il enfin.

Il parut à Laury que le monde s'écroulait autour d'elle.

— Rodrigo, non ! Ce n'est pas possible ? Non ! Non !

L'horreur lui nouait la gorge ; un sanglot la secoua.

Puis le sang-froid lui revint : son amour était en danger, elle lutterait pour lui.

Et, en une seconde, son plan fut prêt.

— Rodrigo, quand viendront-ils ?

— Demain. Ne croyez pas que je craigne pour ma vie, mais...

— Quand, demain ?

— Le matin.

— A quelle heure ?

Le comte de Berceo parlait parfaitement l'intergalacte, l'arralan et l'arkonide, mais certaines notions, toutefois, restaient pour lui vide de sens : l'heure exacte était de celles-là. Laury eut bien du mal à lui faire préciser le moment où des robots l'emmèneraient.

— Qu'importe ! s'exclama-t-elle. Lorsqu'ils arriveront, ils trouveront la cage vide. Nous allons prendre la fuite, vous et moi, et vos trois compagnons. Allons vite les trouver, qu'ils se préparent à nous accompagner.

A cette minute, on aurait beaucoup étonné Laury en lui disant qu'elle n'était qu'un soldat félon passible du conseil de guerre : plus rien ne comptait pour elle, ni sa mission ni les ordres reçus. Toute à sa passion, elle n'avait qu'un but : sauver Rodrigo. Pour y atteindre, peu lui importait d'entraîner, de ce fait, Marshall dans une aventure incertaine où le mutant, s'il n'avait eu la main forcée, aurait plus que probablement refusé de s'engager.

Alf Tornsten, le paysan suédois, se contenta de secouer la tête : il n'allait pas, à son âge, changer ses habitudes. Nara, la Mongole, continua de murmurer des mots sans suite, toujours plongée dans sa douce folie ; quant à Mtumbo, le Cafre, il lui tourna le dos sans même l'écouter.

Rodrigo connaissait assez ses compagnons d'infortune pour avoir prévu leurs réactions.

— N'insistez pas, ma douce. Abandonnons ces croquants à leur sort. Après tout, ils n'en veulent pas d'autre.

Laury protesta.

— Rodrigo, ne vous ai-je pas dit que les temps ont changé sur la Terre ? Tous les hommes, à présent, sont égaux, sans distinction de race ou de naissance.

Rodrigo, trop amoureux pour contredire la dame de ses pensées, n'en réservait pas moins son opinion. Les mœurs, il l'admettait, avaient bien dû évoluer durant son long exil. Mais le gouvernement d'un stellarque comme Perry Rhodan, si éclairé fût-il et épris de justice, ne lui apparaissait pas foncièrement différent de l'absolutisme de Sa Majesté Catholique Philippe IV : pour l'un et pour l'autre, le soleil ne se couchait pas sur leur empire. En revanche, l'égalité entre les hommes, base de cette démocratie qui régnait à présent à la place des rois et dont Laury ne cessait de lui chanter les louanges, lui semblait fort sujette à caution. Un comte y perdait peut-être ses privilèges, mais un bélître ou un couard n'y gagnait pas pour autant les qualités de courage et d'intelligence qui en feraient un « honnête homme »...

Pour l'heure, toutefois, les considérations politiques n'étaient pas de mise. Demain, il ne serait sans doute plus (comme il en avait été pour Nara) qu'une épave ;

mais il restait encore aujourd'hui jeune et vigoureux. Et Laury était si belle...

Celle-ci, après une dernière étreinte, à l'exaltation de laquelle ajoutait l'approche du danger, lui jura :

— Rodrigo, je vous sauverai des Arras !

Tandis qu'elle rentrait à tombeau ouvert à la station X-p, elle capta un message de Marshall. Ce fut à son tour de refuser le contact.

— *Plus tard, ne me dérangez pas maintenant.*

Rongée d'inquiétude, elle franchit comme en transe le seuil de l'énorme bâtiment, passa par la salle de désinfection et se hâta de retourner à son lieu de travail où elle se laissa tomber sur une chaise, les coudes sur la table et la tête dans les mains.

Elle sursauta en s'entendant demander d'une voix doucereuse :

— Que vous arrive-t-il, Arga ?

Elle n'avait pas remarqué qu'Assa, ce médecin avec lequel elle avait déjà eu maille à partir, se tenait au fond de la pièce et l'observait avec suspicion.

Elle répondit sans réfléchir : « La migraine », puis comprit au même instant qu'elle venait de se trahir.

Car les Arkonides, non plus que les Passeurs ou les Arras, issus d'une race commune, ne souffraient jamais d'une telle affection.

Ce simple détail suffisait à convaincre définitivement Assa de son imposture.

Laury avait déjà recouvré son sang-froid. Sondant l'esprit de l'intrus, elle découvrit qu'il avait, en son absence, fouillé son bureau. De plus, il avait, par deux fois, attaché des espions à ses pas, pour tenter de découvrir ce qui l'attirait si souvent au zoo.

Il la soupçonnait depuis longtemps et sa remarque inconsidérée venait de lui apporter la preuve qu'elle n'était pas l'Arkonide qu'elle prétendait être. Des souvenirs s'éveillaient en lui, évoquant de déplorables incidents sur Arralon et son satellite Laros, occasionnés jadis par ce Rhodan qui avait fini, heureusement, par se perdre corps et biens avec son *Sans-Pareil*.

Assa imagina un instant que cette suspecte venait peut-être de Sol III ; mais cette planète, comme le croiseur de son stellarque, n'avaient-ils pas été détruits ? D'un autre côté, ne s'était-elle pas plainte d'une migraine ? L'affaire méritait d'être tirée au clair.

Laury se leva. Assa ne remarqua pas qu'elle en profitait pour brancher l'intercom.

— J'informerai Man Regg que vous vous êtes permis de perquisitionner dans mes affaires, Assa.

— Quoi ? Comment le savez-vous ? Qui a pu vous le dire ?...

Le médecin galactique s'interrompit. Cette phrase équivalait à un aveu.

La mutante souriait. Plus d'une centaine d'Arras avaient certainement entendu ce court dialogue et pouvaient désormais lui servir de témoins.

— Je sais, continua-t-elle, que je n'ai pas l'heur d'avoir gagné votre sympathie, Assa. D'autres, en revanche, sont mes amis. Je reviens du zoo, Assa. Voulez-vous que je vous raconte cette visite en détail ? Cela vous épargnera de lancer, pour la troisième fois, des mouchards à mes trousses.

Elle éclata de rire, tandis que l'Arra se précipitait hors de la pièce, grommelant des mots indistincts ; mais elle lisait dans son esprit obscurci par la panique : allait-elle mettre sa menace à exécution et le dénoncer à Man Regg ?...

Ce dernier, d'ailleurs, était déjà au courant, grâce à l'intercom.

Une demi-heure plus tard, il envoyait trois robots chercher Assa et lui annonçait qu'il venait d'être muté ; il quitterait immédiatement la station X-p pour aller prendre ses nouvelles fonctions dans un laboratoire de Durrha.

Durrha comptait parmi les planètes que les instructions astronautiques d'Arkonis signalaient comme les plus dangereuses. Les Arras l'utilisaient comme laboratoire, mais il s'agissait plutôt d'une colonie pénitentiaire. On y étudiait, en effet, les maladies contagieuses pour lesquelles un remède n'avait pas encore été trouvé. Il n'y avait pas d'exemple qu'un déporté fût jamais revenu de Durrha.

***

Les trois agents de la Défense vinrent et repartirent. Comme Huxul et tant d'autres, ils avaient été les victimes du radiant-psi de John Marshall. Mais celui-ci ne se faisait aucune illusion : momentanément écarté, le danger n'en restait pas moins menaçant.

Les trois agents se proposaient de vérifier de près ses papiers et de prendre son empreinte mentale dont Huxul avait été précédemment chargé et dont il ne s'était pas acquitté pour des raisons encore inexplicables. La même mésaventure leur était réservée : deux heures plus tard, ils prenaient congé de l'oiseleur blanchi de tout soupçon... aussi longtemps, du moins, que durerait l'hypnose qui les aveuglait. Une fois qu'ils auraient repris leurs esprits, la situation n'en serait que plus critique.

Quelqu'un finirait bien par faire la somme de toutes ces étrangetés s'accumulant autour de sa personne. L'alarme serait donnée ; les Arras ne se contenteraient plus d'une simple enquête et le feraient arrêter.

Il en était là de ses réflexions lorsqu'il reçut un appel d'Otznam. Celui-ci se trouvait au spatioport où il venait, comme convenu, de lui amener son navire ; puis il coupa la communication sans attendre les questions que Marshall s'apprêtait à lui poser.

« Tant pis ! » pensa-t-il en se concentrant pour reprendre contact avec Laury Marten.

En vain.

Il recommença patiemment, renforçant son influx télépathique et, soudain, le contact s'établit ; mais il fut très bref, la mutante ne pouvant — ou ne voulant ? — pas lui répondre pour l'instant.

Marshall en resta perplexe, sinon inquiet : l'esprit de Laury, survolté, lui avait paru n'être qu'un chaos d'émotions dont il n'avait pu démêler l'origine. Pourquoi s'entourait-elle ainsi d'un barrage mental ?

CHAPITRE VIII

L'activité ne cessait jamais à la station X-p.

Les Arras, tout à la passion de leurs recherches pour découvrir les derniers secrets de la vie, travaillaient comme des possédés, jour et nuit.

Laury avait terminé son service ; elle avait déjà oublié ses démêlés, trois heures plus tôt, avec Assa. Une seule pensée l'occupait : Rodrigo. Rodrigo dont il lui fallait pourtant chasser le doux souvenir pour se consacrer toute entière à la réalisation du plan qui le sauverait.

Etendue sur son lit, les yeux fermés, les mains derrière la tête, elle passait en revue, mentalement, ceux des laboratoires où, supposait-elle, se poursuivraient les expériences touchant le sérum de survie.

« Ici ?... Non, rien. La salle suivante ? Trois Arras s'y tiennent. Leurs pensées ?... Sans intérêt. Ensuite ? Une autre salle... Vide ? Oui, sauf quelques robots. »

La mise en garde de Marshall lui revint en mémoire : chacun de ces robots, désormais, pouvait être un « contrôleur ».

« Et cette salle ? Toujours rien... »

Le soleil se couchait ; la nuit tomba sur le zoo et ses captifs.

Laury Marten ne renonçait pas. Il lui fallait réussir, pour Rodrigo d'abord, mais aussi pour Perry Rhodan qui lui avait fait confiance : il n'aurait pas à l'accuser d'avoir, par amour, trahi son devoir.

Rien. Rien. Toujours rien.

Où pouvait donc être fabriqué le sérum ? Il était maintenant plus de minuit ; toujours immobile sur sa couche, Laury ne relâchait pas sa concentration, mais elle commençait à s'épuiser. Aussi décida-t-elle de changer de méthode.

Inondée de sueur, tremblante de fatigue, elle se leva, passa sous la douche, mit des vêtements frais et quitta sa chambre.

L'ascenseur anti-g l'amena au cinquième sous-sol dont la porte, comme elle s'y attendait, était verrouillée. Ses dons de passe-muraille lui permirent de franchir l'obstacle sans déclencher tous les systèmes d'alarme qui s'y dissimulaient certainement. Un interminable couloir s'étendait devant elle que barraient, de distance en distance, des herses d'acier. Elle le suivit lentement, sondant l'esprit des Arras qui, dans les laboratoires situés de part et d'autre de ce corridor, se penchaient sur leurs travaux, derrière des portes closes. Aucun d'eux ne l'entendit passer.

« Continue, songeait-elle, continue. » Jamais elle ne s'était sentie plus calme, en possession de tous ses moyens. Pour l'amour de Rodrigo... Avec un peu de remords, elle songea à un autre amour, celui de Rhodan pour Thora, sa femme, que frappait un brusque vieillissement. Il en allait de même pour Krest, leur ami très cher. Tous les traitements tentés, s'ils retardaient un peu le processus, ne pouvaient l'enrayer. Et l'Immortel, à Délos, leur avait refusé l'accès au physiotron qui, seul, aurait pu leur rendre la jeunesse. Thora et Krest semblaient donc condamnés, lorsque les Francs-Passeurs avaient colporté certains bruits, selon lesquels les Arras seraient en possession d'un sérum de jouvence efficace. Rhodan avait aussitôt repris espoir et envoyé deux de ses mutants en mission.

Une porte s'ouvrit ; un Arra passa dans le couloir et croisa Laury sans lui prêter autrement attention. La mutante avait continué de marcher du même pas assuré. « Rodrigo »... ce nom qu'elle murmurait comme une incantation lui donnait toutes les audaces.

Même de se risquer en ce cinquième sous-sol qui était le saint des saints de la station X-p. Elle savait, à présent, que le précieux sérum se trouvait bien là, dans une grosse ampoule dont elle connaissait l'emplacement exact pour l'avoir lu dans l'esprit de l'Arra qu'elle venait de croiser.

Laury chercha dans sa poche.

La poche était vide.

Où était la diapason ? Elle connut un instant de panique, puis comprit : elle avait tout à l'heure changé de vêtements. Comment avait-elle pu l'y oublier ? La réponse était simple : Rodrigo.

Que faire ? Retourner chercher l'objet ? Non. C'était maintenant ou jamais.

Elle continua : encore trente pas jusqu'au laboratoire quitté par l'Arra... Encore dix... Encore un... Elle se tenait devant la porte. Elle *tâta* mentalement la pièce : elle était vide. Elle passa à travers le battant, puis marcha droit vers l'armoire où se trouvait l'ampoule. L'Arra, lorsqu'il l'avait croisée, se demandait justement si elle était bien en sûreté là où il l'avait enfermée.

Le laboratoire étincelait de lumière, des relais cliquetaient doucement, des liquides de couleurs variées bouillonnaient dans des ballons de verre ou s'égouttaient par des serpentins.

La mutante s'immobilisa : trois robots se dressaient devant elle. L'un d'eux était-il un contrôleur ? La main sur la crosse de son radiant, elle chercha vainement le signe qui le distinguerait d'une machine inoffensive.

Il lui fallait pourtant les affronter pour atteindre l'ampoule.

« Comment ai-je pu oublier ce diapason ? » se répétait-elle, songeant à tout le mal qu'elle avait eu à s'en fabriquer un dans l'un des ateliers de réparations de la station X-p.

Elle hésita une seconde, puis elle crut voir Rodrigo devant elle, entendre ses paroles.

« — Demain, je sais ce qui m'attend : on me fera respirer un nuage de vapeur empoisonné. Un Arra est venu me l'annoncer, et il riait en m'expliquant que la pauvre Nara avait été précédemment soumise à la même expérience. « Vous savez ce qu'il lui est advenu », disait-il. Oh ! oui, je le savais ! On l'avait emmenée un jour, jeune et joyeuse comme je la connaissais depuis le début de notre captivité. Lorsqu'on l'avait ramenée à sa tente, le soir même, c'était une vieille femme et elle avait sombré dans la folie. »

Le même sort attendait son bien-aimé. La mutante serra les dents et passa devant les trois robots qui ne lui prêtèrent, semblait-il, aucune attention.

La porte blindée de l'armoire céda devant son pouvoir mental. Elle saisit l'ampoule. Quelques mots s'y trouvaient écrits : « Hutwasd-C 3… »

Les Hutwasd comptaient parmi les pensionnaires du zoo galactique ; ils auraient été d'apparence vaguement humaine sans leur tête énorme aux traits monstrueux. Ils se rangeaient pourtant, par l'intelligence, dans la catégorie C 3 — celle où l'on cataloguait aussi les Terriens.

Laury ne put en lire davantage ; un des robots se retournait vers elle. Une lentille fluorescente s'alluma sur son front comme un œil braqué dans sa direction : il venait certainement de donner l'alarme à la centrale, transmettant l'image de l'Arkonide Arga Silm se livrant à son cambriolage.

Laury tira, plus par réflexe que par nécessité, et sauta de côté ; la masse métallique du gardien, le cerveau grillé, s'écroulait sur le sol avec fracas.

Elle prêta l'oreille. N'entendait-elle pas déjà les sirènes ? D'une seconde décharge radiante, Laury détruisit le vidéophone, puis, l'ampoule dans sa poche, courut vers les rayonnages qui couvraient l'un des murs et y grimpa comme à une échelle. Le plafond, sous l'impact de sa volonté, perdit sa cohésion moléculaire. S'accrochant au bord de l'orifice, elle se hissa à l'étage supérieur.

Elle prit pied dans un autre laboratoire où un très vieil Arra la fixait, bouche bée et tremblant. Comment cette jeune femme pouvait-elle jaillir tout à coup du plancher ?

— Tournez-vous !

Il obéit sans comprendre. Elle l'assomma d'un coup de crosse, monta, cette fois, sur une armoire et gagna un nouvel étage où le hasard voulut qu'elle se trouvât face à face avec Sagala, le directeur du zoo galactique en personne. Elle le connaissait de vue ; l'important personnage, habitué à inspirer le respect et la crainte, perdit toute contenance devant le radiant braqué de Laury.

— Sagala, ordonna-t-elle, vous allez m'aider à sortir d'ici. A moins que vous ne préfériez que je vous abatte sur place ?

Sagala ne disait rien, ne bougeait pas, n'osait presque plus respirer. Les yeux fixés sur le radiant, il entendit à peine l'avertissement clamé par tous les haut-parleurs de la station.

— Attention ! Toutes les issues sont gardées par les robots de combat. Ils tireront sans sommation sur quiconque essaierait de sortir.

— Accompagnez-moi, reprit la mutante. Votre

auguste présence me sera le meilleur des sauf-conduits. Eh bien ! Sagala, qu'attendez-vous ?

Et, du canon de son arme, elle lui montrait la porte.

L'Arra céda à la menace, tout en grommelant :

— Vous n'irez pas bien loin, maudite espionne !

Il fit un large crochet pour éviter l'endroit du plancher où il avait vu surgir la jeune femme. Celle-ci, comme il atteignait le seuil, l'avertit :

— Sagala, si vous tenez à la vie, n'essayez pas de donner l'alarme.

Il ne se doutait pas qu'elle lisait dans sa pensée. Voir ainsi deviner ses intentions lui ôta le peu de dignité qui lui restait encore : il commença de trembler de tous ses membres.

Laury sur ses talons, il passa dans le couloir.

***

John Marshall fut arraché brusquement au sommeil par un appel de Laury Marten.

Tout d'abord, il ne comprit pas grand-chose à son message. Que se passait-il ? Elle avait dû s'enfuir ? A travers le zoo ? En compagnie de Rodrigo ? Qui, diable, était ce Rodrigo ! Pas le temps de s'en informer.

— *Je ne pouvais pas l'abandonner à son sort. Je l'aime, John, comprenez-vous ? Maintenant, l'alarme générale est lancée ; les Froghs nous donnent la chasse. J'ai volé une voiture. Notre direction : sud-sud-ouest. Nous allons tenter de leur faire perdre notre trace dans le désert.*

John s'habilla en hâte, jurant entre ses dents.

« Est-elle devenue complètement folle ? Non, amoureuse. C'est la même chose... Elle aurait tout de même pu m'avertir plus tôt qu'elle se prenait pour Chimène ! »

***

Poussant Sagala devant elle, Laury était remontée sans encombre au rez-de-chaussée. Celui-ci grouillait de robots de combat. Inutile d'essayer de sortir par le grand portail. Disparaissant soudain au regard affolé du directeur, elle se fondit à travers un mur et passa comme un fantôme de laboratoire en laboratoire, au grand effroi des Arras qui s'y trouvaient.

Elle quitta la station par la façade d'une annexe. En contraste avec l'air conditionné qui régnait dans tous les bâtiments, la touffeur de la nuit la frappa comme l'haleine d'un four. Les étoiles brillaient ; à leur clarté, elle eut vite fait de trouver un véhicule et de foncer vers le désert.

Agzt, émergeant avec peine des délices de l'ivresse, neutralisa pour elle la barrière d'énergie, sans même soupçonner qu'il venait ainsi de signer son arrêt de mort. D'autres Froghs accouraient de tous côtés ; ils arrivèrent à point pour voir de leurs yeux de nyctalopes un des prisonniers du zoo monter en voltige dans une voiture qui repartit aussitôt à tombeau ouvert. Agzt, tanguant d'une patte sur l'autre, poussait de petits gloussements de satisfaction. Une salve de désintégrateur le faucha en pleine euphorie.

*
**

Jamais John Marshall n'avait trouvé si long le chemin qui menait au spatioport. Il avait recouvré tout son calme, à la condition, toutefois, de ne pas trop penser à la conduite inexplicable de Laury. Que cette jeune sotte fût tombée amoureuse, il ne pouvait lui en vouloir, — nul n'était à l'abri de ce genre d'aventure — mais il ne lui pardonnait pas de l'avoir laissé dans l'ignorance de ce qui se tramait. Elle était sous ses ordres et elle avait — Cid Campeador ou pas — à venir régulièrement au rapport.

John essuya la sueur qui lui coulait sur le front : les nuits, sur cette planète, n'étaient guère plus fraîches que les jours. Il regarda autour de lui : les projecteurs n'illuminaient que le centre du spatioport et, sur sa droite, les immenses ateliers de réparation. Son navire se trouvait dans l'ombre, sur l'une des pistes périphériques réservées aux appareils de plaisance. Il l'atteignit sans se faire remarquer.

Il enclencha les blocs-propulsion : dans cinq minutes, il pourrait appareiller.

En attendant, il brancha les récepteurs : les Arras, sur toutes les longueurs d'onde, lançaient déjà l'alerte.

Ses détecteurs le lui confirmèrent : les escadrilles de vedettes de police fonçaient de partout, filant vers le sud-sud-ouest.

Et John Marshall, au milieu de cet essaim de guêpes, allait devoir voler au secours de Laury et de son précieux Rodrigo. Il décolla ; il ne donnait pas aux deux fuyards une chance sur mille de s'en tirer.

***

La voiture roulait maintenant en plein désert sur un sol caillouteux qui la secouait durement. Laury poussait le moteur à fond. Une longue ravine, barrant la route, la contraignit à faire un crochet sur la gauche. Ce qui la rapprochait dangereusement des Froghs qui, venus du sud, les avaient pris en chasse. Elle connaissait leur flair et leur obstination. Ils finiraient bien par les rattraper si Marshall n'intervenait pas.

— Rodrigo, où en sont-ils ?

— Ils gagnent du terrain.

— Attention ! Tenez-vous ferme.

Berceo, qui n'avait été, en dépit de quatre siècles passés sur Tolimon, qu'assez rarement en contact avec les inventions techniques des Arras — ces carrosses sans chevaux le surprenaient encore —, réagit trop tard. Laury avait brutalement freiné pour éviter un bloc de rochers ; le jeune homme alla donner du front contre le pare-brise et s'effondra, évanoui ; la ceinture de sûreté seule le retenait sur son siège.

Etait-il blessé ? Laury, quoique rongée d'inquiétude, ne pouvait s'en assurer : chaque seconde perdue leur aurait été fatale.

Une aube grise commençait à se lever sur le paysage désolé, affreusement aride, lorsque Laury capta l'appel tant attendu : Marshall était en route ; qu'elle lui donne ses coordonnées. Laury en aurait été bien incapable. Pour l'instant, elle suivait, entre deux chaînes de collines, une vallée dont les parois s'encaissaient peu à peu ; soudain, un jet de feu bleuâtre liquéfia les rocs à quelques centaines de mètres devant elle. Une vedette de police l'avait repérée et ouvrait le feu.

Elle eut le sang-froid d'en avertir John. Ses détecteurs localiseraient sans aucun doute cette décharge énergétique.

— *Repéré !* fut la réponse.

Quelques instants plus tard, il y eut comme un second soleil au-dessus du désert : la vedette venait d'exploser. Un instant plus tard, John atterrissait.

— Le sas est ouvert. Venez vite !

Mais Laury n'aurait pas eu la force de traîner Berceo, toujours inconscient, jusque-là. John égrena de nouveaux jurons et dut, bon gré mal gré, quitter son poste de pilotage pour l'aider.

Il allait saisir Berceo dans ses bras, lorsqu'il n'eut que le temps de se rejeter en arrière, à l'abri d'un rocher : une nouvelle vedette arrivait, passant en rase-mottes ; deux salves de ses canons radiants anéantirent d'abord l'astronef du mutant, puis la voiture volée à la station X-p.

CHAPITRE IX

— Continuons, les pressait Marshall ; les Froghs sont toujours sur nos traces et…

— Attention ! en voilà d'autres.

Il se retourna à l'exclamation de Laury. Un groupe de Froghs, jusque-là cachés par une dune, fondait sur eux ; mi-rampant mi-courant sur leurs courtes pattes, ils avançaient incroyablement vite.

Les deux mutants tirèrent, fauchant les horribles bêtes ; puis un même effroi les figea.

Un Frogh arrivait d'une autre direction et Rodrigo de Berceo, l'épée haute, lui barrait la route. John ne pouvait tirer sur l'un sans risquer de blesser l'autre.

— Le fou ! murmura-t-il.

Puis il ferma les yeux, pour ne pas voir mourir le comte. Il les rouvrit au cri de triomphe que poussait la jeune femme.

— Il frappe encore ! Il va l'avoir !

John Marshall regarda, sidéré. Berceo ne se vantait pas lorsqu'il se prétendait bon escrimeur : le Frogh poussa un hurlement d'agonie, se dressa sur sa queue de toute sa hauteur et, dans un vain effort pour atteindre son adversaire, s'abattit sur le sol dans un tourbillon de pierrailles.

Remettant tranquillement sa lame au fourreau, le jeune homme revenait vers eux, souriant à Laury.

« Eh bien ! songea Marshall, je commence à comprendre Laury ; cet hidalgo n'est pas que beau garçon, il sait aussi se battre ! Qu'il apprenne à manier nos armes aussi bien qu'il manie l'épée, et nous parviendrons peut-être à nous tirer d'affaire. »

Il avait négligé d'établir un barrage mental et la jeune femme lui jeta un regard noir.

— Il n'y a pas de « peut-être » qui tienne, John Marshall. Nous nous tirerons d'affaire, avec ce cadeau pour Rhodan.

Et elle tira l'ampoule de sa poche.

— Laury, vous ne voulez pas dire que c'est... ?

— Le sérum de jouvence ? Si, John.

— Vous l'avez ! Et c'est seulement maintenant que vous me l'apprenez ! (John hésitait entre l'enthousiasme et la colère.) Vous mériteriez...

Rodrigo fit un pas en avant, prêt à défendre sa belle. John, qui avait assez de ses ennuis du moment sans y ajouter un duel, préféra ne pas achever sa phrase. Laury méritait une fessée, mais, après tout, elle pouvait aussi bien mériter des félicitations.

***

Ils avaient marché jusqu'aux limites de leurs forces. Un nouveau soir tombait. L'air brasillait encore dans le désert où la chaleur du jour ne se dissipait pas avec le crépuscule : les dunes de sable et les champs de pierrailles se succédaient, sans une herbe, sans une goutte d'eau. C'est en vain qu'ils avaient espéré trouver une source sur leur route. Une soif toujours plus vive les torturait.

Maintenant, ils se traînaient plus qu'ils ne marchaient ; chaque pas devenait une souffrance ; leurs yeux brûlaient, des hallucinations de plus en plus fréquentes leur montraient des fontaines, des torrents cascadant, des fruits juteux, des boissons fraîches ; mais s'ils tentaient de les saisir, il n'y avait plus, devant leurs yeux rougis par la réverbération du soleil, que le désert, le désert plus impitoyable encore que les Froghs ou les Arras.

Laury tomba, se releva, tomba encore. Rodrigo voulut l'aider, chancela et s'effondra près d'elle.

L'Australien, qui allait en tête, capta leurs pensées qui se brouillaient et se retourna. Lui-même était à bout.

Non loin de là se dressait un amoncellement de rochers ; certains, toute la journée du côté de l'ombre, leur offriraient peut-être un semblant de fraîcheur.

Il revint vers ses compagnons et les secoua. « Debout ! » Ils obéirent et furent, cette fois, payés de leur peine.

Trois énormes blocs s'épaulaient, sous lesquels ils découvrirent une véritable caverne où la température leur parut délicieusement clémente. Rodrigo et Laury, épuisés par ce dernier effort, s'endormirent aussitôt, serrés l'un contre l'autre, d'un sommeil lourd et fiévreux, coupé de gémissements.

Marshall faillit s'abandonner à son tour. Presque au bord de la folie, il pressa ses paumes, puis son front sur la pierre dont le froid le ranima quelque peu. Une pensée, vague d'abord, mais de plus en plus insistante, s'imposait à lui : *hypercom*. Il la repoussa comme absurde, son hypercom avait été détruit en même temps que sa vedette.

Puis, soudain, il comprit et se redressa, galvanisé. Il tenait peut-être leur dernière chance.

« Du calme ! s'ordonna-t-il. Concentre-toi. »

Il ne savait pas s'il allait réussir. L'hypercom, dans sa retraite des bas quartiers de Trulan, était d'un nouveau modèle, doté d'un amplificateur-psi qui lui permettait de le mettre en marche par la simple force de sa volonté ; mais la chose exigeait une énorme dépense d'énergie mentale : somme toute, un tour de force, même quand il se trouvait en pleine possession de ses moyens. Et maintenant...

Maintenant, il était affaibli, maintenant, il y avait la soif : que ne donnerait-il pas pour un verre d'eau, une simple gorgée, même le fond d'une flaque boueuse après la pluie ! Il étouffa un sanglot : Rhodan, lui aussi, avait eu soif sur la planète Denfer, encore plus soif et, pourtant, il avait tenu. Lui, Marshall, tiendrait également...

Son esprit vacillant parvint à se fixer. L'hypercom, il fallait l'enclencher. Attention ! Oui. Il ne se trompait pas. L'appareil était maintenant en marche. Un nouvel effort. Le réglage, à présent, sur la fréquence de Rohun, pour relayer un message télépathique. Marshall en oubliait sa gorge douloureuse, ses lèvres gonflées et gercées.

Et le Passeur fut en ligne. Marshall, en quelques mots, exposa leur situation. Le patriarche n'hésita pas.

— Courage, Ixt, j'arrive !

***

Rohun, toutefois, ne s'était pas porté en personne au secours des trois fugitifs. Otznam, sur son ordre, s'en était chargé : il l'accablait maintenant d'injures et de malédictions, sans lui laisser, non plus qu'à Tullin, le loisir de placer un mot. Le vidéophone de la chaloupe vibrait à sa voix de stentor.

— Etes-vous fous, tous les deux ? Sauver Ixt est une chose, l'amener ici en est une autre ! Que les Arras le trouvent à mon bord et ils désintégreront mes navires jusqu'au dernier. Pas de ça. Retournez à Tolimon et débarquez-le où il voudra. Il ne peut tout de même pas en exiger davantage !

L'Australien rejoignit Otznam devant le vidéophone.

— Je comprends, Rohun. Vous avez fait déjà beaucoup pour nous en envoyant votre chaloupe nous recueillir en plein désert ; qu'elle nous dépose à Trulan. Pour le reste, j'aviserai.

Le patriarche parut saisi d'un remords.

— Etes-vous sûr... ?

— Mais oui, Rohun. Vous ne pouvez pas risquer pour nous le sort de tout votre clan. Merci encore, et ne vous faites pas de souci pour nous.

Otznam soupira. Il avait accompli des prodiges pour tromper la surveillance des patrouilleurs arras tournoyant partout comme des guêpes irritées. Et voilà qu'il lui fallait recommencer la manœuvre ! Il se résigna.

— Très bien. Cap sur Trulan.

***

La chaloupe jaillit de la soute de l'astronef. Otznam ne gardait aucune illusion : il devrait redoubler de prudence pour ne pas se faire intercepter en route. Marshall, dans le fauteuil du copilote, n'était pas sans inquiétude, lui non plus.

Tullin les accompagnait. Il était par hasard en conversation avec le patriarche lorsque le S.O.S. du mutant leur était parvenu. Ni l'un ni l'autre n'avaient reconnu sa voix : le numéro de code, seul, les avait assurés qu'il ne s'agissait pas d'un piège.

— Qu'est-ce qui vous tracasse ? s'enquit Marshall.

— Je ne cesse de me demander où se trouve l'hypercom avec lequel vous nous avez appelés, Ixt. Lorsque nous avons atterri près de la grotte où vous étiez réfugiés, je n'en ai vu aucun en votre possession ; en outre, ce n'était pas vous qui parliez, il me semble ; on aurait cru entendre, plutôt que des paroles humaines, un autovox positronique.

— Mon hypercom, le voici.

Et Marshall, mentant d'un front tranquille, montra son chronomètre.

— Non ! Cette petite chose ?

— Et pourquoi pas ? La science progresse tous les jours. La miniaturisation aussi.

Les deux Passeurs hésitaient à le croire. Otznam allait même poser d'autres questions à ce sujet, lorsqu'il poussa une exclamation de colère.

— Cette fois, c'est tout ou rien !

Il vira brutalement de bord et força la vitesse. Les détecteurs signalaient, en effet, l'apparition d'une vedette arra dans leur sillage.

La chaloupe piquait vers le sol en catastrophe. On entendit bientôt le hurlement des couches d'air malmenées. La vedette de police, surprise par la manœuvre, réagit trop tard. Marshall comprit ce que méditait Otznam ; il fonçait tout simplement vers le spatioport de la police où régnait un tel va-et-vient de navires qu'il avait une chance, effectivement, de n'être pas remarqué par les stations au sol. Il gagna ainsi de précieuses secondes.

— Parés à sauter ! ordonna John Marshall.

Comme lui-même et Laury, Rodrigo portait maintenant une spatiandre arkonide. La jeune femme avait bien tenté de lui expliquer ce qu'était un écran déflecteur, un réacteur dorsal ou un champ anti-g, ces connaissances techniques demeuraient lettre morte pour un homme du XVIIe siècle. Il n'en avait retenu qu'une certitude ; il pourrait voler dans les airs. La chose lui semblait pour le moins curieuse, mais, puisque sa belle assurait qu'elle en ferait autant et volerait à ses côtés, il n'en demandait pas plus et lui faisait confiance.

— Encore merci, Passeur ! cria Marshall, entrant dans le sas où se tenaient déjà ses deux compagnons.

A cinquante kilomètres d'altitude, ils sautèrent, encordés, Rodrigo entre eux. Celui-ci, malgré les assurances de Laury, pensait sa dernière heure arrivée ; il n'en plongea pas moins sans hésiter dans le vide, le moment venu.

Il fut tout étonné de se retrouver à terre sain et sauf, en bordure d'une route, à un kilomètre environ du spatioport.

— Enlevez ça ! ordonna Marshall.

Ils se dépouillèrent de leurs spatiandres et les abandonnèrent sous un buisson. Le plan de l'Australien était de rallier au plus vite la capitale et sa retraite des bas quartiers. Pour ce faire, il leur fallait s'emparer d'un véhicule ; mais, après une heure de recherches prudentes, ils n'en avaient encore découvert aucun à leur convenance. Puis, soudain, un glisseur se posa avec deux hommes à bord. L'un d'eux s'éloigna à grands pas ; le pilote, attendant sans doute son retour, se renversa sur son siège et sommeilla.

John et Laury se partagèrent leurs « victimes » ; l'un prit en charge le pilote qui ne s'étonna pas de voir embarquer trois inconnus qui lui ordonnèrent de les conduire à Trulan.

Laury, pour sa part, s'était occupée du passager, un officier d'assez haut grade. Ce qu'elle lut dans son esprit la sidéra : sa fuite avec Rodrigo, supposait-elle, était à l'origine de l'agitation frénétique régnant sur Tolimon. Or, si on les recherchait bien, on recherchait également John Marshall. On le tenait maintenant pour un dangereux espion, de nouvelles preuves ayant confirmé qu'il ne pouvait être Ixt, le marchand galactique dont il avait usurpé l'identité.

Le pilote, les mains sur les commandes, attendait les ordres.

— Décollez !

Il obéit, sans même tourner la tête. Marshall retenait sa respiration : la tour de contrôle n'allait-elle pas signaler le départ impromptu d'une vedette ? Mais tout se passa sans encombre.

Lorsqu'ils arrivèrent en vue de la capitale, fort éloignée de la base centrale de la police, le crépuscule y tombait. Leur arrivée, cette fois, fut signalée. Une voix sèche, dans le microphone, les somma de se faire reconnaître. Le pilote donna le numéro de sa machine ; leur interlocuteur changea de ton, soudain respectueux.

— La place 11, sur la piste 4, est à votre disposition. Nous nous envoyons une voiture.

Marshall et Laury échangèrent un sourire : pourquoi devraient-ils aller à pied s'ils pouvaient disposer d'un véhicule officiel ?

Le pilote atterrit. John lui donna, par hypnose, l'ordre d'oublier totalement l'incident et de repartir sur l'heure vers le spatioport de la police.

Les deux mutants n'avaient pas encore mis pied à terre qu'ils avaient déjà pris sous contrôle mental le chauffeur et l'officier de la Défense qui les attendaient dans la voiture. L'Australien, pour plus de sûreté, gardait la main sur la crosse de son radiant. De nouveau, tout se passa pour le mieux.

— Où allons-nous ? demanda le chauffeur d'une voix monocorde.

— Avenue du Grand-Mo.

Comme ils arrivaient à proximité de son magasin, Marshall tenta de prendre contact avec l'esprit de Futgris pour apprendre ce qui avait pu se passer en son absence.

Mais Futgris ne se trouvait pas à l'oisellerie, non plus qu'aucun de ses employés.

En revanche, les Arras y grouillaient : une dizaine

d'hommes des services de la Défense, fouillant partout, plus particulièrement dans son bureau.

« Ils vont découvrir l'hypercom », songea Marshall.

— Où dois-je faire halte ? s'informa le chauffeur.

— Pas ici. Continuez jusqu'au monument au grand Mo.

Il obéit. Pas plus que l'officier, immobile et muet sur l'un des sièges arrière, il ne s'étonnait de ces contradictions.

John Marshall ferma les yeux. Il se concentrait sur son bureau et sur le presse-papiers qui, sous son apparence d'objet d'art, dissimulait une minuscule bombe incendiaire.

« Contact. »

L'extraordinaire puissance mentale du mutant atteignit encore une fois son but : le mécanisme de la bombe se déclencha.

Marshall, la respiration courte, se rejeta en arrière ; l'incendie ne tarderait pas à faire rage dans son immeuble. Les Arras, par la suite, s'interrogeraient en vain sur les causes du sinistre !

***

Ils abandonnèrent la voiture et se perdirent dans la foule toujours dense dans ce quartier. Les badauds s'y pressaient maintenant en plus grand nombre encore, attirés par les premières lueurs du feu.

Deux heures plus tard, John Marshall verrouillait sur eux trois la porte d'arkonite de son refuge des bas quartiers.

Ils y étaient en sécurité. Mais pour combien de temps ?

***

Devant l'écran de l'hypercom, tandis qu'un impitoyable soleil flamboyait sur Denfer, Perry Rhodan écoutait John Marshall. Celui-ci lui avait immédiatement annoncé le succès partiel de leur mission : ils avaient dérobé une ampoule de sérum. Ils ne s'en trouvaient pas moins dans une situation très grave, pour ne pas dire désespérée ?

— Et les Passeurs ?

L'Australien avoua qu'il n'avait pu, jusque-là, entrer en contact avec aucun d'eux. Ils avaient probablement tiré au large, l'affaire leur semblant désormais trop risquée.

— Peut-on leur en vouloir ? conclut-il. Ils ne savent que trop ce qu'il en coûte de se heurter aux Arras.

Rhodan n'hésita pas.

— Je viens. Sous huit jours, je serai à Trulan.

DEUXIÈME PARTIE

L'INSPECTEUR ET L'IMPOSTEUR

CHAPITRE X

Il se trouvait encore des gens qui ne savaient rien du lieutenant L'Emir. La chose, pour certains, n'était que regrettable — il est toujours dommage, en effet, d'ignorer l'existence de la huitième merveille du monde. D'autres, qui ne le connaissaient que par ouï-dire et venaient à le rencontrer brusquement, s'exposaient parfois à de pénibles surprises s'ils avaient le malheur de le sous-estimer.

C'est ce qui arriva, par exemple, aux colons de l'un des hauts plateaux du sud de Vénus-Ville. Profitant de l'absence prolongée du stellarque (les bruits les plus divers couraient à ce sujet) et sachant par expérience que la planète mère hésiterait à envoyer une expédition punitive pour mater une rébellion par la force, ils décidèrent de proclamer leur indépendance et, pour commencer, refusèrent de payer leurs impôts, qui n'étaient pourtant pas bien lourds.

Le gouvernement central de Terrania — Bully en l'occurrence — était en effet partisan des solutions pacifiques. Pourquoi mobiliser la troupe pour ramener à la raison ces quelques têtes brûlées ? Le lieutenant L'Emir ne valait-il pas à lui seul tout un corps d'armée ? Le lieutenant L'Emir répondit avec modestie qu'il en valait dix et s'embarqua le soir même à destination de la « planète chaude ».

Les colons en révolte éclatèrent d'un rire homérique lorsqu'ils virent arriver une petite créature velue qui ressemblait vaguement à un ours en peluche, avec une queue de castor, et les moustaches frémissantes, l'œil vif et les oreilles rondes d'une souris. Ils rirent encore plus fort lorsque la bête pelue leur annonça, en bombant la poitrine, qu'elle n'était autre qu'un envoyé spécial de l'Empire de Sol, dépêché en ces lieux pour y ramener l'ordre et l'obéissance.

Ils cessèrent de rire, toutefois, lorsque toutes les pensées, jusqu'aux plus secrètes, des meneurs et de leurs séides furent mises à nu, car le lieutenant L'Emir était télépathe. Et il parut se trouver à la fois dans tous les points du camp, car il était téléporteur. Finalement, les armes des révoltés semblèrent s'animer d'une vie propre et, planant à petite vitesse à quelques mètres du sol, allèrent s'abîmer au fond d'un lac proche. Car le lieutenant L'Emir possédait également des dons de télékinésie.

Ces hauts faits amenèrent les colons à reconsidérer leurs projets. Tremblant de s'attirer de nouvelles représailles, ils promirent, à grand renfort de phrases fleuries, de ne plus jamais s'égarer hors du droit chemin. Le gouvernement de Terrania était — et resterait — leur unique gouvernement ; quant aux impôts, ils s'empresseraient de les payer, plutôt deux fois qu'une.

Le mulot, fort content de lui, daigna se laisser fléchir et accorda, au nom de Sol III, le pardon à ses fils prodigues ; les colons lui en manifestèrent la plus vive reconnaissance.

Le chef des révoltés, maintenant doux comme des moutons, décida que quelques festivités pourraient être de mise pour clore cette journée bien remplie.

M. l'Envoyé extraordinaire leur ferait-il l'honneur de présider le banquet ?

Le mulot accepta avec une charmante bonne grâce. Les carottes qu'on lui servit se révélèrent tendre à point ; quant au vin de Vénus, le cru en était bon, si bien que le mulot, entre la poire et le fromage, se trouvait de la meilleure humeur et en passe, comme tous les convives, d'oublier sa bonne éducation. Il fut le premier à entonner, d'une voix pépiante, des couplets repris en chœur par toute l'assistance ; nul n'aurait même songé à en expurger les paroles.

Les animaux se taisaient dans la forêt vierge en bordure du village. Jamais encore ils n'avaient entendu pareil tumulte, ni ces clameurs, ces volées de sons aigus et discordants.

Le lieutenant L'Emir, pour sa part, se disait que la vie était belle.

Certes, il lui avait semblé que de faibles impulsions mentales, différentes de celles des colons attablés, tentaient de se frayer un chemin à travers les brumes de son cerveau. Il refusait toutefois d'y prêter attention : ne méritait-il pas une petite soirée de détente, une fois son ouvrage brillamment accompli ? Au diable la garnison de Vénus-Ville : elle pouvait bien se passer de lui pour l'instant !

L'Emir continuait donc, l'âme sereine, de goûter aux plaisirs de Bacchus.

Et il ne regagna que beaucoup plus tard la chambre que le maire du village avait mise à sa disposition. Une lutte sévère l'y opposa d'abord au plancher, qui avait une curieuse tendance à se dérober sous ses pas ; quant aux murs, où dansaient des ronds multicolores, ils refusaient de rester à la verticale. L'Emir fut tout heureux de gagner le havre de son lit.

A peine venait-il de s'y étendre que les appels se renouvelèrent avec une insistance accrue.

— *Ici, quartier général de la Milice. L'Emir, que se passe-t-il ? Répondez !*

Cette fois, le mulot ne pouvait plus se persuader qu'il n'avait rien entendu. A la qualité de ces ondes, il reconnut Betty Toufry, télépathe hors de pair dont il avait toujours admiré les dons. Elle avait, en l'absence de Marshall, la haute main sur la Milice et s'était, elle aussi, rendue sur Vénus pour aider le mulot, si besoin était, à mater la révolte. Ainsi qu'on l'a vu, il n'en avait pas été besoin.

L'Emir s'efforça de reprendre quelque peu ses esprits.

— *Betty, ma ravissante ! Ne vous inquiétez pas, tout va pour le mieux ; j'ai simplement un peu de vent dans les voiles.*

— *L'Emir, vous n'avez pas honte ?*

— *Non. Je devrais ? Il me fallait bien boire à la santé de mes nouveaux amis, ces braves colons qui ne tenteront plus jamais de chercher noise à leur planète patrie. D'ailleurs, le vin local est excellent, vous savez... Bonsoir, Betty. J'irai demain vous embrasser au réveil.*

Cette perspective ne sembla guère enthousiasmer la mutante.

— *Rentrez immédiatement ; j'ai du travail pour vous.*

Le mulot s'étira avec un soupir. Il n'avait aucune envie de quitter son lit douillet ; il se sentait un peu lourd. Peut-être, après tout, n'aurait-il pas dû manger tant de carottes. Il réprima de justesse une nausée.

— *De quoi s'agit-il ?*

— *Mission spéciale, mon cher. Vous appareillez à la première heure.*

L'Emir se redressa sur ses oreillers et caressa d'une patte précautionneuse le pelage plus clair, beige doré, de son ventre, nettement plus rond qu'à l'accoutumée.

— *Encore ?* protesta-t-il. *J'en ai par-dessus les oreilles, à la fin, de cette vie de bâton de chaise.*

Betty commençait à perdre patience.

— *En voilà assez, lieutenant L'Emir ! Ou vous me rejoignez à l'instant ou j'informe Rhodan de votre insubordination. Il vous a fait expressément demander pour...*

Le mulot se leva d'un bond, redevenu frais et dispos... ou presque.

— *Rhodan ? Rhodan me fait demander ? Le brave homme ! Je savais bien qu'il ne pourrait pas longtemps se passer de moi. J'arrive dans cinq minutes.*

— *Bon. Ne vous attardez pas.*

— *Je suis déjà en route.*

De sa petite écriture fine, il rédigea quelques lignes pour le maire, le remerciant de son hospitalité et s'excusant — devoir oblige — de s'éclipser ainsi à l'anglaise.

Puis il se concentra et disparut, pour se rematérialiser dans la chambre de Betty Toufry. Celle-ci ne sursauta même pas en le voyant surgir. Assise sur son lit, elle portait un léger peignoir sur une chemise de nuit qui devait être plus légère encore, car la température demeurait toujours étouffante sur Vénus, même pendant les nuits de cent vingt heures.

Les murs de la pièce étaient couverts d'écrans et de tableaux de contrôle ; des lampes témoins, çà et là, brillaient d'une clarté tranquille.

— L'affaire n'aurait-elle pu attendre à demain ? se plaignit le mulot.

Puis, se souvenant de *qui* l'avait convoqué, il corrigea :

— Pourquoi ne pas m'avoir appelé plus tôt, Betty ? On ne fait pas attendre le stellarque.

La mutante secoua la tête devant tant d'illogisme.

— L'appel par hypercom ne m'est parvenu que voici quelques heures, donnant des directives assez étonnantes. J'ai commencé par réunir tout le matériel que Rhodan réclamait, dont vous faites partie, L'Emir.

— Moi ? Du matériel ? Le commandant a-t-il bien employé pareil terme à mon égard ?

— Pas exactement, non. J'interprète l'esprit, sinon la lettre de son message. Mais il soulignait bien que votre présence lui était indispensable.

Le mulot se frotta les pattes.

— C'est qu'il connaît mes qualités exceptionnelles...

— Hum ! Oui..., peut-être..., admit Betty sans conviction. En tout cas, vous partez demain pour Denfer.

— Cette poêle à frire ? Qu'y ferai-je ?

— Vous le demanderez à Rhodan. Pour ma part, je ne suis au courant de rien.

Betty (qui avait soixante ans, mais gardait l'apparence d'une très jeune femme, presque d'une adolescente, grâce à un traitement au physiotron) ramena sur ses genoux son peignoir qui avait glissé. L'Emir, une fois de plus, s'étonna des réactions absurdes des Terriens. Croyait-elle vraiment que la vue des jambes d'une deux-pattes — si bien galbées soient-elles — risquât d'éveiller en lui la moindre lubricité ?

— Je ne sais pas non plus, reprit-elle, ce que le commandant a l'intention de faire d'un yacht de grand luxe.

— De quoi ?

— Un navire de construction spéciale, un rêve pour milliardaire. Les Arkonides des classes dirigeantes aiment à posséder de tels appareils ; l'un d'eux vous attend au spatioport ; vous le lui ramènerez sur Denfer.

— Et je rentrerai à pied ? grommela le mulot.

— Cela me semble exclus. Serez-vous capable de le piloter ?

— Moi ? Je suis capable de piloter un croiseur cuirassé. Alors, une pareille coque de noix !... Quand dois-je partir, m'avez-vous dit ?

— Dès que la cargaison sera arrimée dans les soutes.

Les gens de Port-Vénus y travaillent déjà sans perdre une minute. Rhodan compte sur vous d'ici à une vingtaine d'heures.

— J'ai donc tout le temps de me reposer un peu. (Il loucha vers le lit.) Puis-je dormir avec vous ?

— Et je devrai vous gratter jusqu'à en avoir une crampe ? Non. Merci. Il y a un canapé dans la pièce voisine et des couvertures dans le placard.

L'Emir, déçu, lui jeta un regard de reproche, puis il se téléporta sur le canapé. Il s'y endormit aussitôt du sommeil du juste, bercé par les carottes et le vin de Vénus.

***

La coque argentée du yacht scintillait sous les feux des projecteurs, près du croiseur léger qui l'avait amené de Sol III ; son nom s'étalait sur sa coque en caractères arkonides : *Koos-Nor.* De forme ovoïde et mesurant environ trente-cinq mètres sur vingt, il avait un rayon d'action pratiquement illimité.

L'Emir et Betty le contemplaient avec admiration.

— Cette bonbonnière a dû coûter une bonne petite pincée de solars, remarqua le mulot. Voilà un commandement qui me convient tout à fait.

Betty consulta sa montre.

— Tout est paré, L'Emir. Qu'attendez-vous ?

— J'ai peine à m'arracher au charme de votre compagnie.

— Vous plaisantez, L'Emir, vous avez raison. Tâcher de garder votre bonne humeur.

— Vous croyez que je risque de la perdre ?

— Rhodan, qui n'a pourtant pas l'habitude d'exagérer, a dit qu'il s'agissait d'un commando dangereux.

— Eh bien ! parfait ! J'espère trouver là-bas quelques

adversaires à ma mesure et non d'inoffensifs colons en rupture de percepteur.

Betty tendit la main et gratta doucement le mulot sous le menton.

— Derrière les oreilles, je vous prie.

Puis, coupant court aux adieux, il se téléporta à bord. L'écoutille du sas se referma derrière lui. L'astronef décolla, suivi par le pinceau des projecteurs ; un instant plus tard, il avait disparu parmi les nuages bas.

*
* *

Comme tous les navires de cette classe, le *Koos-Nor* possédait un champ d'absorption qui, minimisant la secousse de la plongée ou de la réémersion, permettait le passage dans l'hyperespace au voisinage immédiat d'une planète. L'emploi d'un tel dispositif coûtait horriblement cher en argent comme en énergie ; on ne l'utilisait donc que pour ces bâtiments de plaisance pour lesquels rien n'était trop beau.

L'Emir tenait à savourer tous ces perfectionnements ; il avait à peine franchi l'épais manteau de nuages entourant Vénus qu'il passait déjà dans l'hyperespace.

Le yacht disparut... pour se rematérialiser sous des constellations différentes. Le mulot se secoua. La plongée, comme toujours, n'avait physiquement rien d'agréable.

Branchant le pilotage automatique, il se donna le loisir de céder à la curiosité. Pourquoi Rhodan avait-il réclamé ce joujou de tourisme plutôt qu'un navire de guerre ? Et quelle pouvait être cette cargaison dont lui avait parlé Betty ?

Inspectant les soutes, il y découvrit de nombreuses caisses fermées en provenance de Terrania. N'étant arrêté ni par les serrures ni par les scrupules, il y fouilla sans vergogne, s'attendant à y trouver des armes. Il en fut pour ses frais.

« Qu'est-ce que ce harnachement ? Le commandant se propose-t-il de se rendre à un bal masqué ? »

***

Denfer méritait bien son nom : une planète aride, ravagée par un soleil implacable. Seule oasis de ce monde inhospitalier : la coupole d'acier où Rhodan avait établi une base secrète aux confins de l'Empire.

Il ne l'avait pas quittée après son duel avec Atlan et y attendait les résultats de la mission confiée aux deux mutants.

Une sonnerie se fit entendre : les détecteurs signalaient l'approche d'un petit navire qui tentait d'établir par hypercom le contact avec la base.

L'Emir ? Etait-ce L'Emir ?

Quelques instants plus tard, le nez pointu du mulot apparaissait sur l'écran ; le vert clair de son uniforme mettait tout particulièrement en valeur le brun roux de son pelage luisant.

— Bonjour, commandant. Puis-je atterrir ?

— Vous avez de la chance, lieutenant L'Emir, que je vous connaisse assez, vous et votre habituelle imprudence, pour avoir pris soin de débrancher les dispositifs de défense automatiques. Sinon, vous risquiez fort de vous faire abattre sans sommation.

— Mais moi, je connais assez votre prudence, commandant. L'une contrebalance l'autre. J'étais donc parfaitement certain de passer sans encombre.

Rhodan soupira. Le mulot était et resterait toujours incorrigible.

— Bon. Branchez vos champs anti-g ; je vous prends au rayon tracteur pour vous amener à terre.

L'Emir acquiesça. Rhodan se hâta de passer un

spatiandre, puis se rendit au hangar souterrain qui abritait déjà une corvette rapide, prête au départ si la situation l'exigeait. Il ouvrit, puis referma derrière lui la première porte du sas, ouvrit la seconde. Le climatiseur de son spatiandre entra aussitôt en action luttant contre la terrible chaleur de Denfer. Le yacht était à proximité, immobilisé à quelques mètres au-dessus des dunes de sable.

— *L'Emir ?* (Rhodan n'avait pas besoin d'émetteur, il savait que le mulot captait directement sa pensée.) *Paré ? Enclenchez le champ.*

Le *Koss-Nor* devint à l'instant plus léger qu'une plume et, saisi par le rayon tracteur, flotta jusqu'au sas. Rhodan referma la porte puis actionna les pompes qui le rempliraient d'air frais.

Il achevait à peine d'ôter son spatiandre que L'Emir, dédaignant d'utiliser l'échelle de coupée, se téléporta dans ses bras et lui noua ses petites pattes autour du cou.

— Je suis content de vous revoir, commandant, pépia-t-il, vraiment content.

— Moi aussi, L'Emir, répondit Rhodan, ému.

Une curieuse amitié unissait l'homme le plus puissant du système solaire à la bête pelue née sur la très lointaine planète Perdita.

— Je me languissais de vous, commandant. Pourquoi ne m'avez-vous pas appelé plus tôt ?

— Je n'avais pas encore besoin de vous ici. Votre présence pouvait être plus utile à Terrania.

— Oh ! oui, ne serait-ce que pour seconder M. le Grand Administrateur intérimaire. Bully n'aurait jamais été capable de gouverner à votre place sans mes sages conseils.

— Je n'en doute pas, convint Rhodan sans rire. Avez-vous apporté tout le matériel que je réclamais ?

— Je n'en sais rien. C'est Betty qui s'est occupée de la cargaison.

— Alors, il ne doit rien y manquer. Maintenant, allons au poste central ; je vous exposerai mon plan. Je peux d'ores et déjà vous dire que l'affaire risque d'être chaude.

Le mulot se lissa les moustaches.

— Un peu de distraction sera la bienvenue. Je commençais à m'ennuyer sur la Terre et Vénus. De quoi s'agit-il ? Je grille de curiosité.

Le mulot n'avait pas besoin de le préciser. Rhodan, dès son arrivée, avait eu soin d'établir un barrage mental : il savait parfaitement que le mulot n'aurait pu se retenir d'explorer ses pensées.

La centrale était une vaste pièce hémisphérique, aux murs couverts d'écrans ; occupant tout un panneau, le cerveau positronique de la station était un modèle du genre.

Ils s'assirent.

— Vous savez, commença Rhodan, que Laury Marten et John Marshall se trouvent sur Tolimon avec mission d'apprendre ce qu'il en est exactement d'un sérum de jouvence que fabriqueraient les médecins galactiques. Ils ont reconnu l'exactitude des bruits courant à ce sujet et Laury a pu s'emparer d'une ampoule de ce sérum. Après ce premier succès, tous deux se trouvèrent malheureusement en difficulté. Depuis, je suis sans nouvelle. Une seule chose est certaine : ils ont besoin de mon aide.

— De votre aide ? Je croyais qu'ils avaient surtout besoin de la mienne ! Ne m'avez-vous pas convoqué, toute affaire cessante ?

— Ne soyez donc pas trop gourmand, L'Emir, laissez-moi un peu de travail ; nous allons commencer immédiatement nos préparatifs.

— Lesquels ?

— Il nous faudra nous déguiser.

— En quoi ?

— Vous resterez au naturel, L'Emir ; moi, je me présenterai sous les traits d'un inspecteur arkonide.

Le mulot ouvrit des yeux ronds.

— Et qu'inspecterez-vous ?

— Tout et rien. Le Régent d'Arkonis a l'habitude de dépêcher dans tout l'Empire de hauts fonctionnaires qui, arrivant ici où là à l'improviste, ont à s'assurer de la bonne marche des choses. Investis de toute la puissance des Trois-Planètes, on les reçoit, naturellement, avec le plus profond respect ; toutes les portes s'ouvrent devant eux, tous les dossiers sont à leur disposition. Au cours des six dernières décennies, les Arkonides ont regagné une partie du prestige qui était le leur jadis. Quelles qu'en soient les raisons, j'en suis fort heureux : l'autorité de l'inspecteur Hristol dont vous venez de m'amener le yacht et les tenues d'apparat en croîtra d'autant.

— Et moi ?

Rhodan sourit, mi-figue, mi-raisin.

— Tolimon est une planète très particulière, connue pour son zoo galactique. On y trouve réunies, surtout, des créatures dotées d'une semi-intelligence : elles ont dépassé l'animal dans atteindre encore au Q.I. de l'humain. Les Tolimoniens ne manqueront donc pas de beaucoup s'intéresser à vous, L'Emir.

Une horrible intuition effleura le mulot : les poils de sa nuque se hérissèrent en crête.

— Commandant, vous ne voulez tout de même pas dire que... Non, ce n'est pas possible ! Vous n'exigeriez pas de moi ?...

— Pourquoi non, L'Emir ? Je tiendrai le rôle du noble inspecteur Hristol et vous celui de son animal familier, une petite bête velue dressée à lui servir de domestique. Vous ferez sensation là-bas, L'Emir, et les Arras n'auront d'yeux que pour vous : vous êtes exactement le spécimen qui manque à leur zoo. N'ayant de cesse que vous n'en deveniez le plus beau fleuron, ils en négligeront de s'occuper de moi.

— Voilà qui est bel et bon : vous jouerez les grands seigneurs, moi je jouerai les imbéciles. Je vous avoue, commandant, que cette perspective ne m'enchante guère.

— Sentiment compréhensible, mais qui n'entre pas en ligne de compte, L'Emir. Oubliez-vous Laury et John ? Ils sont peut-être en danger de mort ; notre arrivée sur Tolimon détournera d'eux l'attention des Arras et vous, à votre tour, vous détournerez de moi l'attention de ceux-ci, me laissant ainsi les mains libres. Après tout, seul un être vraiment intelligent peut se donner sans déchoir pour plus stupide qu'il ne l'est. L'imbécile, au contraire, s'efforce en vain de singer une intelligence supérieure. Toute la différence est là, L'Emir.

Ce dernier fronça le nez.

— Le sophisme est bien tourné. N'empêche, me voilà ravalé au rang de chien savant !

— Parfaitement, L'Emir, d'animal domestique et de domestique tout court, attaché à la personne d'un maître aux goûts quelque peu extravagants. L'Emir, vous aurez tout le temps, plus tard, de dorloter votre amour-propre blessé, mais, pour l'instant, ne venez pas me mettre des bâtons dans les roues ! Ou bien allez-vous me faire regretter de vous avoir appelé, vous, et pas un autre ?

— Eh ! Commandant, vous auriez mieux fait de choisir Bully ! Le type du parfait arriéré, du primate qui serait merveilleusement à sa place dans une cage...

A se représenter Reginald Bull derrière les barreaux d'un jardin d'acclimatation, le mulot retrouva toute sa bonne humeur.

— Très bien, commandant. Retroussons nos manches. Quand allons-nous appareiller pour le pays des Arras ?

— Dans dix heures exactement. Il nous faudra bien tout ce temps pour nous préparer et apprendre nos rôles jusqu'au moindre détail.

— Que savez-vous au juste de Marshall et de Laury ?

— Aux dernière nouvelles, ils avaient pu s'emparer d'une ampoule de sérum ; à la suite de ce vol, toute la planète leur donna la chasse. Ensuite... Plus rien ! Leur hypercom a peut-être été détruit ; mais il y a, hélas ! d'autres raisons plus inquiétantes pour expliquer leur silence. Nous saurons bientôt à quoi nous en tenir.

L'Emir se leva. Une dernière lueur de reproche et d'indignation se lisait encore dans son regard ; mais l'aventure, telle que Rhodan la lui présentait, commençait à lui plaire.

On allait peut-être s'amuser, après tout.

***

Une sonnerie les tira d'un court sommeil réparateur.

Tout était prêt. L'opération « Mascarade » pouvait commencer.

— Est-ce l'habitude des inspecteurs d'Arkonis de ne se déplacer qu'à bord de yachts de luxe ? demanda L'Emir. (Il gratta une puce inexistante, puis lissa soigneusement son pelage.) J'ai l'impression, sans uniforme et sans radiant, d'être tout nu.

— Une stupide petite bestiole se doit d'être toute nue, lui rappela Rhodan. Car vous êtes stupide, L'Emir, tachez de bien vous en persuader.

— Une criante injustice, commandant. Promettez-moi de ne jamais en parler à Bully ; il en ferait des gorges chaudes à n'en plus finir.

— Cela restera entre nous, assura Rhodan. Marshall

lui-même ne se doutera de rien. Dès que nous l'aurons retrouvé, notre rôle sera pratiquement terminé.

Le mulot approuva d'un hochement de tête distrait. Il ne pouvait détacher ses regards du stellarque qui portait maintenant un splendide uniforme brodé d'or, aux insignes étincelants. Sa minceur et sa haute silhouette lui permettaient sans peine de passer pour un Arkonide ; pour compléter le déguisement, il avait maintenant les cheveux d'un blond presque blanc et, grâce à un collyre soigneusement mis au point à Terrania, des prunelles de topaze aux reflets pourpres.

— Quant à moi, je suis fin prêt, dit le mulot en prenant place sur le siège du copilote.

— Moi aussi...

Le sas se referma automatiquement derrière le *Koos-Nor* qui soutenu par ses anti-g, commença de prendre de l'altitude. Le champ protecteur et l'écran d'invisibilité furent aussitôt rétablis autour de la base.

Rhodan était aux commandes du yacht. Il en avait étudié les plans ; le pilotage, très facile, ne lui posait aucun problème.

Il enclencha le compensateur de structure et plongea vers le centre de la Voie lactée. Une deuxième transition le mena presque au voisinage d'Arkonis. Là, il vira de bord pour bord et débrancha le compensateur ; puis il plongea de nouveau, mettant cette fois le cap sur Tolimon.

N'étant plus absorbé par le compensateur, l'ébranlement du continuum consécutif à la plongée donnerait à tout observateur éventuel l'impression que le yacht venait bien des Trois-Planètes.

Les Arras, si leurs détecteurs signalaient son approche, n'auraient aucun doute sur son origine, non plus que le temps d'en demander confirmation au Régent. Tolimon, fort éloigné d'Arkonis, pouvait être considéré comme un poste avancé de l'Empire avec lequel ses habitants, d'ailleurs, préféraient n'entretenir que des rapports de pure forme : la visite d'un inspecteur ne serait certainement pas pour les enchanter.

Le *Koos-Nor,* après une ultime plongée, émergea directement dans le système de Revnur. L'ébranlement du continuum était assez net pour être immédiatement perçu. Quelques minutes plus tard, des appels grésillaient dans l'hypercom.

Rhodan, au seuil de la vitesse luminique, piquait vers Tolimon en pilotage automatique ; il enclencha l'émetteur, tandis que L'Emir, recroquevillé dans son fauteuil, remuait de sombres pensées : le rôle qu'il avait accepté d'assumer lui pesait de plus en plus.

Une voix domina les autres, ordonnant :

— Identification. Faites-vous reconnaître !

— Inspecteur Hristol. (Rhodan parlait avec toute l'arrogance d'un haut fonctionnaire sûr de ses pouvoirs.) Délégué par le Régent d'Arkonis. Donnez-moi les coordonnées d'atterrissage.

L'hypercom redevint muet d'un seul coup. Tous les navires du voisinage avaient certainement capté la réponse de Rhodan qui semblait avoir coupé le souffle aux Tolimoniens. La tour de contrôle et les stations de la police du port devaient s'efforcer maintenant de le situer dans les catalogues de l'inscription. Peut-être consultait-on aussi des annuaires pour y découvrir le nom de Hristol. Ce serait d'ailleurs en vain. Rhodan l'avait choisi au hasard. On ne s'en étonnerait sans doute pas : il y avait d'innombrables inspecteurs et sa nomination pouvait être récente.

— Ici Tolimon, centre spatial. Posez-vous sur le terrain de Trulan ; nous vous lançons un rayon guideur. Tout est préparé pour votre réception.

— J'atterris.

Rhodan débrancha l'hypercom et se retourna en souriant vers L'Emir.

— Eh bien ! qu'en dites-vous ? Je fais merveille en inspecteur, il me semble ?

Le visage du mulot s'allongea d'une aune, comme s'il venait de mordre dans une carotte véreuse.

— Vous avez le beau rôle, tandis que moi !... Quelle humiliation ! Je n'y survivrai pas !

Rhodan se contenta de rire ; puis il reprit son sérieux. Le yacht approchait maintenant de Revnur II. Leur ruse ne serait-elle pas éventée au dernier moment ?

***

En bons politiciens, les dirigeants de Tolimon n'allaient pas manquer de faire leur cour à l'envoyé du Grand Empire. Une théorie de voitures se dirigeait donc vers le spatioport, y amenant les officiels. Les Arras ne différaient guère des Terriens, sinon par leur très haute taille qu'exagérait encore leur maigreur, une maigreur presque squelettique. Les médecins et les savants portaient des manteaux blancs, bordés de bandes de couleurs diverses selon leur rang et leur spécialité. Les fonctionnaires avaient un faible pour les vêtements multicolores, brodés et chamarrés ; mais personne, du moins en apparence, n'était armé. Tous, le nez en l'air, guettaient l'apparition du *Koos-Nor*.

Rhodan avait bien remarqué ce rassemblement. L'Emir, à sa demande, en profita pour sonder l'esprit des Tolimoniens. Il n'y découvrit que de la curiosité et un peu de crainte : celle que n'importe qui — eût-il même la conscience parfaitement pure — éprouve normalement à la perspective de rencontrer un très haut personnage. Rhodan, une dernière fois, mit L'Emir en garde.

— Veillez à ne pas faire de bêtises, dit-il en allongeant une petite tape sur les fesses dodues du mulot. Vous me suivrez dès que je vous en aurai donné l'ordre télépathique. Et, souvenez-vous bien que vous comptez parmi les semi-intelligences !

— Ne pas faire de bêtises quand vous me cornez aux oreilles que je dois n'être qu'une bête ; comme si c'était facile ! Un génie lui-même y perdrait son latin. Bon, bon, j'essaierai tout de même.

Rhodan venait d'ouvrir le sas. L'échelle de coupée se déroula automatiquement. Quelques Arras, pour l'éviter, n'eurent que le temps de reculer à la hâte. Rhodan laissa peser sur la foule un regard glacé. Il esquissa l'ombre d'un salut, puis descendit majestueusement les marches.

Un officier doré sur tranche se précipita à sa rencontre.

— Soyez le bienvenu sur Tolimon, inspecteur Hristol, dit-il en pur arkonide. Nous apporterons tous nos soins à vous rendre ici le séjour agréable pour alléger dans la mesure de nos faibles moyens le poids de votre haute charge et de vos responsabilités. M'est-il permis de m'informer de la durée de ce séjour ?

Rhodan le toisa.

— Cela dépendra des circonstances. Selon certains bruits, de regrettables irrégularités se seraient produites dans l'administration de votre zoo ; il est de mon devoir de tirer cette affaire au clair et d'en établir un rapport à l'intention du Régent.

L'officier devint blême.

— Oh ! il ne peut s'agir que d'une erreur ! Je puis vous assurer que... Je ne comprends vraiment pas...

L'homme était incontestablement sincère. Rhodan s'étonna un peu de lire aussi facilement dans son esprit. Il est vrai que le mulot, aux écoutes, devait lui servir d'amplificateur télépathique.

— Nous verrons, coupa-t-il. (Il parut s'apercevoir seulement de la présence des officiels.) Qui sont ces gens ? Je ne désire nullement une réception protocolaire ; j'aurais préféré même venir incognito. Que l'on me laisse en paix !

— Vos désirs sont des ordres, seigneur, se hâta d'affirmer un autre Arra. Il nous a, toutefois, paru nécessaire de venir, au nom de notre gouvernement, nous mettre à votre disposition. Y a-t-il quoi que ce soit que nous puissions faire pour vous être agréable ?

— Vous l'apprendrez toujours assez tôt. Quant à votre zèle (une ironie cinglante perçait sous le ton d'une politesse affectée), je l'apprécie à sa juste mesure. Il ne se démentira pas un instant, je n'en doute pas : un navire de guerre du Régent croise à quelques années lumières d'ici, prêt à intervenir à mon premier appel.

— Sa présence ne sera pas nécessaire, seigneur, assura un autre officier. Nous sommes de fidèles sujets de l'Empire, comme vous aurez vite fait de le constater. Me permettez-vous de vous conduire à votre résidence ?

— Où cela ?

— En bordure de la ville, seigneur. Un palais...

Rhodan secoua la tête.

— Je n'ai nullement besoin d'un palais. Contentez-vous de me procurer une voiture. Je chercherai moi-même un domicile à me convenir. Je n'ai pas besoin non plus d'escorte ni de domestiques. J'ai mon propre serviteur.

Il leva la tête vers le sabord et appela :

— Mimir, ici !

Tous les yeux se tournèrent vers l'échelle de coupée, comme si chacun s'attendait à voir apparaître le Régent en personne. Le mulot s'encadra dans l'ouverture, demandant d'une voix pointue :

— Me faut-il descendre votre bagage à terre, maître ?

— Sotte question ! Oui, naturellement. Et dépêche-toi un peu, que je puisse enclencher l'écran protecteur.

L'Emir disparut. Il avait compris l'ordre implicite et enclencha lui-même le champ qui interdirait aux curieux

— car il ne manquerait certainement pas de s'en trouver — toute visite intempestive à bord. En même temps, un système de télécommande permettait à Rhodan de se faire rejoindre par le yacht en quelque point de la planète qu'il se trouvât.

L'Emir revint avec une énorme valise ; par télékinésie, il en avait réduit le poids à rien, mais il n'en feignit pas moins de plier sous la charge. Il se laissa glisser le long de l'échelle. Le sabord, automatiquement, se ferma derrière lui.

— Inspecteur Hristol, vous avez là un bien étrange serviteur, osa remarquer l'un des savants. Nous n'avons encore jamais vu pareil animal : ce spécimen manque à notre collection.

Le mulot écoutait, la tête un peu penchée et les yeux ronds, feignant la stupidité. Il y parvenait avec une étonnante maestria. Rhodan se promit de le lui faire remarquer un jour, avec commentaires à l'appui. Mais plus tard. L'heure, pour l'instant, n'était pas à la plaisanterie.

— Mimir est originaire d'une planète fort éloignée, très en dehors des routes habituelles ; je l'ai découverte par hasard au cours de mes voyages. J'ai capturé cette petite bête et me suis aperçu qu'elle était très docile et susceptible de dressage. J'en ai fait mon serviteur, un serviteur dont la fidélité ne m'a jamais déçu. On ne peut malheureusement pas en dire autant de bien des gens de ma connaissance.

Celte dernière phrase sous-entendait une vague menace, mais l'Arra, dévoré de curiosité, ne le remarqua même pas.

— Possède-t-il des qualités particulières ?

— Non. Mais il est discret et sûr. Et maintenant, coupa Rhodan, où est ma voiture ? Nous reprendrons demain cet entretien.

Il jeta un coup d'œil autour de lui et découvrit dans le

voisinage un véhicule ovale, à une seule roue. Un gyroscope en assurait l'équilibre.

— Celle-ci me conviendra, décida-t-il.

Un des officiers courut vers la gyrobulle au parking et la ramena.

— A votre disposition, inspecteur Hristol. Mais ne vaudrait-il pas mieux permettre à l'un de nous de vous accompagner pour vous aider à choisir un hôtel ou telle autre résidence de votre choix ? Notre ville est vaste et nous ne serions que trop heureux...

— Inutile ! Je n'ai que faire d'un guide ou d'une escorte. Je déciderai moi-même de ce qui me convient. A plus tard, messieurs.

Il salua sèchement, puis, se tournant vers le mulot.

— Les bagages dans la voiture, Mimir. Ils devraient déjà y être. Eh bien ! qu'attends-tu pour les y porter, paresseux ?

Le mulot se hâta d'obéir, le dos rond et les oreilles basses ; mais il n'en pensait pas moins.

« Mimir ! M'appeler Mimir, moi ! Pourquoi pas Minou ? Qu'il continue, et je me mets à miauler ! »

Il n'en oubliait pas, pour autant, de servir au stellarque de relais télépathique. Celui-ci, satisfait, constatait que, à l'exception d'un officier, tous les Arras s'intéressaient beaucoup moins à lui-même qu'à ce merveilleux quadrupède d'une espèce encore inconnue, admirant sa promptitude à obéir. Quel pouvait bien être son degré d'intelligence ?

Rhodan s'installa aux commandes. Le mulot, maussade, s'était pelotonné sur le siège arrière.

— L'Emir, dit-il, vous faites carrière. Vous êtes d'ores et déjà plus célèbre que moi. Si je ne m'abuse, n'importe quel Arra serait prêt à payer pour vous un prix astronomique. Peut-être me laisserai-je tenter : il serait dommage de manquer une aussi belle affaire.

Le mulot ne répondit rien ; le nez à la vitre, il

cherchait un dérivatif dans la contemplation du paysage et se répétait avec héroïsme :

« Du calme, mon petit L'Emir. Du calme, beaucoup de calme, mon gentil petit L'Emir. Supporte l'affront, tends l'autre joue, pardonne à Rhodan, car il ne sait ce qu'il dit. Du calme, encore du calme, mon doux petit L'Emir martyr. »

Cet emploi de la méthode Coué ne fut guère efficace, car le mulot conclut soudain :

« Ah ! je suis un animal, une bête brute, vraiment ? Eh bien ! je vais le lui prouver... en m'oubliant sur les coussins de cette voiture ! »

— Assez ! coupa Rhodan, qui avait suivi mentalement les divers états d'âme du mulot. Tout a bien marché jusqu'ici, ne gâchez pas la suite. Un peu de patience, il ne nous reste plus qu'à trouver Marschall.

— Oh ! oui. La fameuse aiguille dans une botte de foin.

Et L'Emir, après cette réponse faite du bout des lèvres, retomba dans un silence réprobateur.

CHAPITRE XI

Comme beaucoup de planètes des Marches, Tolimon était la plaque tournante de nombreuses expéditions galactiques. En outre, son zoo attirait quantité de visiteurs.

Les représentants des races les plus diverses se côtoyaient dans les rues grouillantes de la capitale, Trulan, poussée au hasard, sans le moindre souci d'ordre architectural.

Rhodan eut quelque mal à se reconnaître dans ce dédale. Pour s'orienter, il lut à plusieurs reprises dans la pensée des passants qui ne prêtaient guère attention à sa voiture : les Arras, sans doute, n'avaient pas encore annoncé officiellement la nouvelle de son arrivée.

Ce qui lui convenait fort bien.

Un agent de police se permit même de lui demander ses papiers. A la vue de ceux-ci (des faux, naturellement, mais exécutés de main de maître), le malheureux se confondit en excuses. Rhodan l'écarta d'un geste excédé, puis démarra sans attendre. L'agent n'eut que le temps de faire un saut de côté pour n'être pas écrasé net.

Rhodan fixa son choix sur un hôtel calme et de bonne apparence, au fond d'un parc, dans un quartier résidentiel. Il y retint une suite et fit savoir qu'il souhaitait garder l'incognito. Il était sûr, naturellement, que la direction n'aurait rien de plus pressé que d'informer le gouvernement de la présence de l'auguste visiteur.

A peine arrivé dans la chambre, l'Emir laissa choir la valise que, sur ordre de son maître, il n'avait pas confiée au robot de service.

— J'en ai ras le bol ! déclara-t-il.

Rhodan, avec un soupir satisfait, se carra dans un grand fauteuil, devant une fenêtre d'où l'on découvrait le panorama de la ville.

— L'Emir, combien de fois me faudra-t-il vous prier de surveiller votre vocabulaire ? Rien ne se démode plus vite, d'ailleurs, que ces expressions d'argot à la mode. Cela dit, je comprends mal les raisons de votre déplaisir ; l'affaire prend fort bonne tournure : vous êtes parfait dans la peau de votre personnage. Pour ma part, je ne me trouve pas mauvais non plus en délégué du Grand Empire et...

— Un délégué ? Dites plutôt un paon qui fait la roue, un dindon dans une basse-cour, un geai paré de plumes dorées ! Vous me décevez, commandant. Sommes-nous venus ici pour que vous y fassiez le vaniteux à loisir ou pour sauver Marshall et Laury ?

— L'un empêche-t-il l'autre ? Qu'aurions-nous obtenu, je vous le demande, si nous étions arrivés ici tout de go, sans déguisement ? Nul ne doit se douter que la Terre existe encore. Employons la force, et nous éveillerons les soupçons des Arras quant à notre véritable origine, ce que je préfère éviter. Seule solution : le recours à la ruse.

— Ruse par-ci, ruse par-là, grogna le mulot, j'en ai assez de jouer les imbéciles alors que mon intelligence surpasse de mille coudées celle de tous ces Talismaniens.

— Tolimoniens, corrigea Rhodan.

— Peu importe le nom de ces perches à houblon ;

nous n'avions pas quitté le spatioport que j'avais déjà lu dans l'esprit d'un des manteaux-blancs le désir irrépressible de s'emparer de ma personne pour m'enfermer dans leur maudit zoo. Devrais-je sauter de joie à cette perspective ?

— Magnifique ! C'est exactement ce que j'espérais : ils n'ont d'yeux que pour vous et j'en passe au second plan, si bien que l'on ne s'avisera peut-être pas d'appeler Arkonis pour s'informer des tenants et aboutissants de l'inspecteur Hristol. Plus vous prendrez de l'importance, L'Emir, et moins je courrai de dangers.

— Si bien que vous trouvez très bon de m'envoyer au zoo ? Pourquoi pas aux galères ? Enfin, bon. Quand allons-nous commencer nos recherches ?

— Quand ? Dites plutôt : où ? Je n'ai pas le moindre indice quant au lieu où ils se cachent. Peut-être en ville. Si l'hypercom de Marshall est hors d'usage, nous n'avons d'autre ressource que d'utiliser la télépathie ; nous lancerons régulièrement des appels en nous concentrant sur une possible réponse.

A ce moment, on frappa à la porte. Le mulot, qui se prélassait dans un autre fauteuil, sauta à terre et alla ouvrir avec la diligence d'un valet bien stylé. Ce n'était que le directeur de l'hôtel ; informé de l'arrivée de cet hôte illustre, il n'avait voulu laisser à nul autre le soin de venir s'informer de ses désirs. Le très noble inspecteur Hristol voudrait-il ?...

— Je veux surtout que l'on me laisse en paix. Vous pouvez disposer.

Le directeur disparut à la hâte.

L'Emir se retint de claquer le battant derrière lui ; la colère le reprenait.

— Suis-je un ouvreur de portes, un faiseur de courbettes, un malheureux esclave que l'on humilie à chaque occasion ? Ah ! je n'y survivrai pas ! Je préférerais être mort !

Rhodan ne répondit pas immédiatement ; la tête un peu penchée, il semblait écouter, les yeux mi-clos et fixes. Son regard retrouva soudain toute sa vivacité.

— Un souhait qui se réalisera très vite, L'Emir, si vous y tenez vraiment, dit-il. Pas loin d'ici, probablement dans cet hôtel même, se trouvent plusieurs hommes qui ont l'intention de s'emparer de vous. Ils agissent selon des ordres donnés en très haut lieu : vous serez anesthésié, lieutenant, et transporté au zoo ; mais si vous opposiez par trop de résistance, ces hommes ont pleins pouvoirs pour vous occire si nécessaire. On vous préférerait vivant, mais votre cadavre, après tout, serait un friand morceau pour le scalpel. Vous le voyez, L'Emir, il ne tient qu'à vous de trépasser dans le plus bref délai.

Le mulot, tout à sa fureur, n'avait pas capté les pensées de ses futurs ravisseurs ; il s'y employait à présent et tempêtait.

— Mais c'est qu'ils veulent vraiment m'enlever, moi, le propre serviteur du noble envoyé d'Arkonis ! Quelle inconcevable insolence ! Commandant, laissez-moi leur donner une leçon ! Ils l'ont bien méritée, n'est-ce pas ?

— Certes. Mais comment seriez-vous au courant de leurs plans ? Vous n'êtes pas télépathe, ne l'oubliez pas. Commençons plutôt à chercher Marshall, ces trappeurs peuvent attendre.

— Ces trappeurs ? s'indigna le mulot. Pourquoi pas des chasseurs de fauves, à tant que faire ?

Il se téléporta sur le lit, croisa les pattes derrière sa nuque et continua :

— Que Bully l'apprenne et j'aurai à tout jamais perdu la face.

— Cessez donc de ne songer qu'à votre réputation, L'Emir. Essayez plutôt de localiser John et Laury ; s'ils sont encore en état de penser, nous devrions pouvoir capter leur influx mental.

— Et l'autre, le Rodrigue au berceau, pense-t-il aussi ?

Rhodan sourit, d'un sourire qui s'effaça vite.

— Rodrigo de Berceo. Oui, très certainement ; mais toutes ses pensées ne doivent être dédiées qu'à notre chère Laury, ce qui nous vaut, d'ailleurs, d'être aujourd'hui dans le pétrin.

— Eh oui ! approuva le mulot d'un ton docte. L'amour n'est que trop souvent la cause des pires catastrophes. Je me promets bien de ne jamais tomber amoureux.

— Comme je ne vois guère de qui, le risque n'est pas grand.

Le mulot dédaigna de répondre. Les yeux clos, il se concentrait pour découvrir une trace des trois fugitifs.

*
* *

Renversé dans son fauteuil, Rhodan commença lui aussi sa quête télépathique. Il se rendit rapidement compte qu'il n'y réussirait que grâce au plus improbable des hasards, car il se sentait comme un radio amateur cherchant à localiser entre des milliers d'émetteurs un partenaire dont il ne connaîtrait même pas le signal de code. L'Emir, de son côté, découvrait avec intérêt que l'on s'occupait effectivement beaucoup de lui ; les influx mentaux étaient très puissants et devaient, bel et bien émaner de l'hôtel même.

— Ils viennent, dit L'Emir.

Rhodan, que ses essais télépathiques avait entraîné très loin, reprit pied dans la réalité.

— Ils viennent ? Qui ?

— Eh bien ! ces lascars dont le dessein abominable est de s'emparer d'un infortuné mulot pour l'enfermer dans leur zoo de malheur ! Qu'ils se montrent, et je les fais passer par la fenêtre !

— Vous vous en garderez bien, mon cher. Quel risque courez-vous à vous laisser enlever ? Aucun. Nous resterons en contact mental et, en cas de trop grand danger, vous pourrez toujours vous téléporter hors de leur atteinte. Alors, pourquoi vous inquiéter ?

— La question n'est pas là.

— Où est-elle, alors ?

— Dans le fait que je vais devoir passer à leurs yeux pour une bestiole sans cervelle, moi, dont chacun jusqu'ici a toujours envié à juste titre la radieuse intelligence.

— Qui joue les sots avec succès, L'Emir, montre plus d'esprit que celui qu'il trompe.

— Vous vous y entendez pour dorer la pilule, commandant. Soit ! D'ailleurs, les voilà. J'ajoute qu'ils ne sont guère rassurés.

— Quoi d'étonnant ? Ils songent au croiseur que, sur la foi de mes dires, ils imaginent dans les parages. Le Régent ne doit pas plaisanter avec l'obéissance.

— Ils arrivent, souffla L'Emir.

Puis il ajouta mentalement :

« Et maintenant, mesdames et messieurs, admirez Mimir le mulot, l'artiste de renommée mondiale, dans ses exercices. Attention ! le spectacle commence. »

On frappa, non point les trois coups, mais à la porte. Rhodan reprit sa morgue et dit à la cantonade :

— Va voir qui ose troubler mon repos, Mimir. Les habitants de cette planète me semblent ignorer les règles les plus élémentaires de la politesse. Je n'en aurai que plus de zèle à mener mon enquête.

L'Emir se dandina jusqu'à la porte, prit un air de stupidité profonde et ouvrit, s'inclinant presque jusqu'à terre. Trois hommes entrèrent, sans lui accorder la moindre attention, du moins en apparence, car il était en fait le seul objet de leurs préoccupations. Ils saluèrent Rhodan avec respect.

— Peut-être avons-nous l'extrême infortune de venir mal à propos..., commença l'un d'eux.

— Vous l'avez, coupa Rhodan, car je n'ai pas souvenir de vous avoir convoqués.

— C'est que... c'est qu'il s'agit d'une invitation de notre gouvernement, continua humblement l'Arra. Un gala en l'honneur du très noble inspecteur d'Arkonis aura lieu ce soir. Pouvons-nous exprimer l'espoir de voir Votre Hautesse y assister ?

Rhodan fouilla dans l'esprit des trois émissaires. Ils avaient l'intention de profiter de son absence pour s'emparer de L'Emir ; un commando spécial était déjà en route pour mener à bien l'opération.

— Votre gouverneur assistera-t-il à ce gala ? demanda-t-il.

— Mais certainement, Votre Hautesse.

— Soit. J'accepte.

— Une voiture viendra chercher Votre Hautesse.

— Et mon domestique ?

L'Arra cacha mal son affolement.

— Votre domestique ? Mais, Votre Hautesse...

— N'est-il pas invité ?

— Non, non, naturellement pas. L'assistance sera triée sur le volet ; nul ne songerait à se faire accompagner d'un serviteur.

— Ah ? Eh bien ! il restera à l'hôtel !

Les trois Arras cachèrent de leur mieux leur soulagement ; ils avaient atteint leur but et prirent congé, après force salamalecs. L'Emir leur ouvrit la porte avec un merveilleux empressement.

La perspective de compter bientôt comme le plus bel ornement d'un zoo galactique semblait l'amuser beaucoup, alors qu'il s'en irritait encore dix minutes plus tôt.

— Les crétins ! glousa-t-il. Dire qu'ils s'imaginent déjà me tenir !

— Et ils vous tiendront, L'Emir. N'oubliez pas votre

promesse. Je me rendrai à la soirée du gouverneur où je ne resterai qu'une heure à peine ; puis je me retirerai sous un prétexte quelconque. Vous aurez été, je pense, enlevé entre-temps. Je m'empresserai de signaler votre disparition. Nous verrons bien ce qui se passera.

— Rien que de prévu : vous pouvez être sûr que personne ne sera au courant de rien.

— C'est probable, en effet ; mais, de votre côté, ouvrez l'œil et l'oreille. Peut-être vous trouverez-vous en contact avec des gens qui en sauront plus long sur le sort de nos disparus.

— Nous verrons bien, admit le mulot. Mais j'aime autant vous en prévenir tout de suite : s'ils tentent de m'enfermer dans une cage, je m'évapore.

— Tout dépendra des circonstances, L'Emir. Agissez pour le mieux.

— Comme si je n'agissais pas toujours pour le mieux, rétorqua le mulot.

***

Rhodan venait de partir. Le lieutenant L'Emir se prépara à affronter l'aventure qui l'attendait, une aventure qui lui semblait d'ailleurs relever de la plaisanterie plutôt que du danger réel. Les premières impulsions mentales lui parvinrent dix minutes plus tard. L'enlèvement semblait avoir été préparé de main de maître, avec la bénédiction des autorités. Quoi d'étonnant, d'ailleurs : les Arras n'étaient-ils pas avides de toujours se procurer de nouveaux cobayes pour leurs expériences ? Le zoo n'était qu'un camouflage : les touristes, importante source de revenus pour la planète, n'en voyaient qu'une infime partie.

Cinq hommes venaient de montrer leur blanc-seing au propriétaire de l'hôtel. L'Emir épia leur conversation, puis, par acquit de conscience, vérifia que la porte n'était pas fermée. Cela fait, il se téléporta sur le divan où il s'étendit de tout son long, paressant comme un serviteur qui profite de l'absence de ses maîtres.

Il ferma les yeux et feignit de dormir.

Les cinq hommes s'étaient arrêtés dans le couloir et s'apprêtaient à forcer la serrure, au cas où leur victime refuserait d'ouvrir. Puis l'un d'eux s'avisa de tourner la poignée qui céda.

— La naïve petite bête, murmura-t-il, en se glissant dans la chambre. Je préférerais pour ma part un domestique moins stupide et moins imprudent.

« Attends un peu, mon garçon, et nous verrons qui est le plus stupide des deux », songea L'Emir.

Tout à sa vengeance anticipée, il s'appliqua à jouer consciencieusement son rôle. Il attendit que les cinq hommes fussent entrés dans la chambre pour entrouvrir un œil, les considérant d'un air étonné. L'un des Arras portait un radiant à la ceinture ; il n'hésiterait pas à s'en servir si leur victime se montrait par trop indocile. Le mulot comptait bien ne pas lui donner ce plaisir.

— Bonsoir, messieurs, pépia-t-il. Mon maître, le noble inspecteur, est malheureusement sorti. En quoi puis-je vous être utile ?

Un des intrus ressortit dans le couloir et revint portant une grande cage.

— Nous étions au courant de l'absence de votre maître, dit-il avec un sourire onctueux. C'est vous que nous désirions voir pour vous prier de nous accompagner.

— Où cela ? Je n'ai pas le droit de quitter l'hôtel sans la permission de mon maître.

— Mais votre maître est d'accord, justement, intervint un autre Arra, d'un ton de léger reproche. Serions-nous ici sans cela ? Nous désirons vous présenter au Grand Conseil scientifique de Tolimon ; il n'a jamais encore eu l'occasion d'examiner une créature dotée de votre intelligence.

— Je vous l'accorde. Mais pourquoi cette cage ? Me prendriez-vous pour une bête féroce ?

— Non, non. Cette précaution vous épargnera les curiosités importunes.

L'un des Arras, qu'excédaient ces préliminaires, fit un pas en avant et saisit le mulot par la peau du cou. Celui-ci dut se souvenir qu'il était en mission spéciale, aux ordres du stellarque de Sol, pour ne pas éclater de rage.

C'est avec un plaisir infini qu'il aurait envoyé par télékinésie l'Arra se coller au plafond, la tête en bas ; mais il se contint et feignit même de trembler, alors qu'on le soulevait dans les airs.

— Un spécimen superbe, commenta l'un des hommes en ouvrant la cage. Fourrez-le vite là-dedans avant qu'il ne change d'avis ; l'inspecteur pensera qu'il a pris le large et s'est égaré en ville.

L'Emir atterrit brutalement derrière les barreaux, le couvercle fut rabattu et verrouillé. Les Arras, maintenant sûrs de leur prise, laissaient tomber le masque.

— Filons ! conseilla l'un d'eux. Il ne faut pas que l'Arkonide nous trouve ici.

— Mais je croyais que mon maître était au courant, protesta L'Emir, éperdu. Ne me traitez-vous pas bien bizarrement ?

— Silence ! lui jeta l'un des sbires.

La patience du mulot se trouvait de nouveau mise à rude épreuve. Il lui fallait subir passivement une humiliation après l'autre. Comment Rhodan avait-il pu lui imposer pareil supplice ? Mais, stoïque, il boirait la coupe amère jusqu'à la lie...

Les hommes jetèrent une couverture sur la cage et quittèrent la chambre au pas de course. Personne ne les arrêta dans les couloirs ni à la réception ; dans la rue, une voiture les attendait, qui démarra en trombe. Les Arras se taisaient ; leurs pensées suffisaient toutefois à édifier le mulot.

Le zoo, institution d'Etat, dépendait d'un ministère spécialement chargé de l'administrer ; c'est là qu'on le conduisait. Des médecins, des savants, peut-être aussi des psychologues, l'examineraient et détermineraient son degré d'intelligence avant de le diriger sur un enclos de la réserve.

Un enclos ! Lui, le plus brillant téléporteur de toute la Milice, dans un enclos ! L'Emir s'efforça de rire à cette seule idée ; mais c'était un rire jaune.

Le trajet fut long ; le ministère se trouvait en bordure de ville, loin des regards indiscrets. L'enlèvement du mulot n'était pas d'ailleurs un acte de cruauté pure ; les Arras, simplement, se doutaient bien que l'inspecteur ne consentirait jamais à se séparer de son animal domestique. Un rapt était donc le seul moyen de prendre possession de cet exemplaire unique d'une race encore inconnue. Les Arras agissaient au nom de la science, ce qui excusait tout : tel était du moins leur point de vue.

***

Rhodan ne resta qu'une heure à la réception. Un message télépathique du mulot lui apprenant que tout s'était bien passé, il se retira ; le voyage, dit-il, l'avait fatigué, il souhaitait prendre un peu de repos. Une voiture le ramena à l'hôtel.

Son domestique ayant disparu, il s'informa immédiatement auprès du personnel : quelqu'un savait-il quelque chose à ce sujet ? Chacun jura que non. Comme dans toute la galaxie, la crainte du gouvernement et de ses fonctionnaires semblait solidement ancrée sur Tolimon.

Rhodan attendit une demi-heure, puis alerta la police : il n'était pas dans les habitudes de son serviteur de s'éloigner sans permission. Que l'on fît le nécessaire pour le retrouver dans le plus bref délai.

La police promit de déployer tout son zèle. Rhodan savait d'avance que ces recherches de pure forme resteraient vaines.

Cela fait, il se coucha tranquillement après avoir verrouillé sa porte et placé un radiant à portée de sa main.

De nouveau, il tenta de localiser Marshall, sans en oublier pour autant de garder le contact avec le mulot.

Ce dernier venait justement de comparaître devant ses examinateurs.

***

Autour d'une table en fer à cheval, une douzaine d'hommes en manteau blanc observaient avec un intérêt passionné la petite créature qu'on venait de leur amener. Des projecteurs jetaient sur toute la scène une implacable clarté. Deux soldats, armés de paralysants, montaient la garde de chaque côté de la porte.

L'homme qui siégeait au centre de la table — sa longue barbe grise laissait supposer qu'il devait être originaire de quelque clan des marchands galactiques — se pencha un peu, transperçant le mulot d'un regard inquisiteur.

— Tu es le domestique de l'inspecteur d'Arkonis ? demanda-t-il.

— Il en est bien ainsi, convint L'Emir ; mais mon noble maître ne sera certainement pas content d'apprendre que…

— Tais-toi, sauf pour répondre aux questions que nous te posons. Où as-tu appris l'arkonide ? Ou bien parle-t-on dans ton pays la langue de l'Empire ?

— Mon maître me l'a enseignée.

— Ta propre langue est donc différente ?

— Naturellement. Nous utilisons toute une gamme de sifflements variés. Ainsi, par exemple, un son modulé dans l'aigu indique l'émotion, tandis qu'un chuintement plus sourd...

Mais le barbu n'avait que faire de linguistique.

— Et ta planète natale, peux-tu nous dire où elle se trouve ?

— Mais naturellement.

Le mulot fit une pause, laissant croître l'impatience de ses interlocuteurs ; puis il leva le doigt comme un bon élève et montra le plafond.

— Elle se trouve... là-haut et très loin.

Les Arras poussèrent un même soupir de désappointement, ce qui le combla d'aise.

Le barbu secoua la tête.

— Nous ne pouvions guère en attendre autre chose, messieurs. Cette petite créature n'a pas la moindre notion d'astronautique ; elle possède, toutefois, un certain quotient d'intelligence.

— Qu'est-ce que c'est qu'un quotient ? demanda le mulot. Je ne savais pas encore que j'en possédais un.

Un léger rire secoua l'assistance ; L'Emir en profita pour appeler Rhodan par télépathie.

— *Eh ! Commandant ! M'entendez-vous ? Je m'amuse follement.*

La réponse ne se fit pas attendre.

— *Cessez de faire le clown, L'Emir. Essayez plutôt de vous renseigner sur le sort de Marshall et de Laury. Posez des questions habiles et...*

— *Comment un pauvre animal ferait-il preuve d'habileté ?...*

Le dialogue muet ne se poursuivit pas, car l'Arra reprenait :

— Comment t'es-tu trouvé entre les mains de l'inspecteur ? Il prétend t'avoir recueilli sur ta planète. Est-ce vrai ?

Le mulot laissa tristement retomber les oreilles.

— Je ne m'en souviens plus ! Cela remonte à si loin.

— Vraiment ? A quelle date ?

La voix du barbu vibrait de curiosité. L'Emir se dit qu'il avait là une chance d'aiguiller la conversation dans le sens voulu. Il ouvrit de grands yeux sincères.

— Quelle date ? Oh ! je ne saurais vous le dire au juste ; peut-être quelques centaines d'années.

— Tu es donc tellement vieux ?

— Vieux ? Moi ? s'étonna L'Emir. Je suis en pleine force et en pleine forme, toutes les jolies filles pourront vous le certifier, sur toutes les planètes où nous passons, mon maître l'inspecteur et moi.

Mais les jolies filles et leur opinion laissaient le barbu de glace ; il se préoccupait d'autres problèmes.

— Tous tes congénères atteignent-ils un âge aussi avancé ?

— Certainement. Ne vivez-vous pas au moins mille ans, vous aussi ?

L'Arra faillit s'en étrangler. Ses acolytes semblaient tout aussi surpris ; leurs pensées tourbillonnaient si violemment qu'il était difficile au mulot de les déchiffrer.

— Mille ans ! (Le barbu s'appliquait non sans peine à recouvrer son calme.) Avez-vous découvert un moyen de prolonger la vie ?

Ce fut au tour du mulot de montrer de l'étonnement.

— Pour quoi faire ? Mille ans, n'est-ce pas un chiffre bien suffisant, surtout pour un domestique comme moi ? Après ma mort, mon maître l'inspecteur devra se chercher un nouveau domestique et...

— Quoi ? s'exclamèrent à la fois plusieurs Arras, blêmes de stupeur. Ton maître, lui aussi, vivrait si longtemps ? N'est-ce donc pas un Arkonide ?

L'Emir remarqua qu'il avait failli commettre une faute. Il se hâta d'accentuer son air de stupidité.

— Mais si ! Que pourrait-il être d'autre ? Je ne comprends pas...

Le barbu ne prit pas la peine de répondre, mais il pensait : « Quelqu'un serait-il venu déjà sur Tolimon pour nous voler notre sérum, comme l'a fait ce Franc-Passeur qui nous a échappé, ou comme cette fille avec lui ? Ou bien d'autres auraient-ils poursuivi des recherches analogues aux nôtres, avec les mêmes résultats ? »

L'Emir respira. Il tenait enfin le premier indice touchant Marshall ; mais les Arras, eux-mêmes, semblaient ignorer où il se dissimulait à présent. Se serait-il donné tant de mal pour rien ? A moins que...

— En accompagnant ton maître à travers l'Empire depuis des siècles, n'avez-vous jamais abordé sur un monde peuplé d'humanoïdes de catégorie C ?

Le mulot se retint de ne pas dresser les oreilles. C'était de la Terre, certainement, qu'il était question ; un navire des Arras y avait fait par hasard escale au XVIIe siècle et y avait recueilli des « spécimens », dont ce fameux comte de Berceo, pour l'amour duquel Laury avait risqué les pires imprudences.

— Pas que je me souvienne, dit-il. Pourquoi ?

Le barbu, de nouveau, ne répondit pas, mais L'Emir lisait dans son cerveau.

« Pourquoi ? Parce que les Arras, jadis, avaient bel et bien découvert un tel monde, puis, à la suite de circonstances malheureuses, en avaient égaré les coordonnées. Quatre exemplaires de la race primitive le peuplant avaient été parqués dans une réserve et traités au sérum de survie. L'un d'entre eux avait pris le large. Ces maudits Passeurs ! Quel intérêt pouvait bien représenter pour eux ce captif ? Voulaient-ils le vendre à d'autres savants comme sujet d'étude ? Ces requins étaient prêts à tout pour quelques crédits. »

L'Emir n'en était pas plus avancé ; les Arras avaient manifestement perdu toute trace des fugitifs. Profitant d'un instant de silence, il « appela » Rhodan.

— *Commandant ! Vous m'entendez ?*

— *Oui. Nous brûlons, il me semble ?*

— *Autant que faire se peut, car je n'en tirerai rien de plus. Puis-je maintenant disparaître ? J'en ai assez !*

— *Dominez-vous, mon cher. Que penseraient ces perroquets s'ils vous voyaient vous évaporer dans l'air ? Attendez une meilleure occasion.*

— *J'attendrai, commandant, mais plus très longtemps ; je sens ma patience qui s'effiloche... Ah ! une minute ! La séance continue.*

Mais L'Emir se trompait s'il espérait en apprendre davantage.

— Lui faire subir des tests d'intelligence ne me semble pas utile pour l'instant, disait le barbu. A ranger dans la catégorie C, j'imagine. Quant aux examens médicaux, remettons-les à demain. Gardes ! Emmenez le captif.

— Puis il ajouta, s'adressant au mulot :

— Ne crains rien, petit, tu seras bien soigné.

Il se leva, imité par les autres. L'un des gardes s'approcha et saisit le mulot par la peau du cou. Celui-ci se laissa faire sans protester, tout à ses projets de vengeance : ce barbu avait osé le considérer comme un animal ! Cuisante insulte qui demandait réparation.

Mais comment ? Le temps pressait.

L'Emir ne se rangeait pas parmi les « fascinateurs », il ne pouvait donc prendre personne sous son emprise mentale. Mais il était excellent télékinésiste et ce don suppléait largement à l'autre.

Un Arra marchait à côté du barbu, devisant avec lui. Soudain, la stupeur peinte sur le visage, il porta la main à sa poche, en tira une paire de ciseaux et... coupa la barbe à son chef.

Le geste fut si rapide que personne ne put s'y opposer, son auteur moins que personne. Voyant son bel ornement pileux se répandre mollement sur le sol en longs flots gris, la victime de cette mutilation mit quelques secondes à comprendre ce qui lui arrivait. Il s'arrêta net et, les yeux exorbités, contempla le coupable. Celui-ci, les ciseaux encore à la main, commença de trembler de tout son corps.

— Gragnor ! hurla l'ex-barbu. Etes-vous fou ? Je m'en vais vous faire...

— Grâce, Klung ! gémit le barbier malgré lui. Je ne sais pas ce qui m'est arrivé, ma main a agi seule, hors de ma volonté. Il faut que j'aie perdu l'esprit...

— Vous aurez tout loisir de le retrouver sur la table de dissection ; mes collègues du laboratoire seront certainement ravis de se voir allouer un cobaye.

Et il s'éloigna sans écouter les supplications du malheureux Gragnor, éperdu d'effroi.

Aucun soupçon ne tomba sur L'Emir qui se laissait emmener par le garde de l'air d'un innocent que l'on traîne à l'échafaud.

La cellule où on l'enferma était une très petite pièce, avec un banc de bois, une table branlante et une grille d'aération ventilée chichement.

La porte s'était à peine refermée que L'Emir se téléportait à l'hôtel dans la chambre de Rhodan.

— Même si vous m'en suppliiez à deux genoux, commandant, je vous déclare tout net que je ne retournerai pas dans cette geôle infecte.

— Mais je n'exigerai rien de tel de vous, L'Emir. Nous avons appris ce que nous voulions ; nous sommes maintenant certains d'une chose : nos agents ne sont pas entre les mains des manteaux-blancs. Marshall et Laury se sont donc dissimulés dans quelque cachette, ou bien ils sont morts. J'avoue que je m'inquiète à ne rien capter d'eux.

— Je me mettrai demain à leur recherche, promit L'Emir qui bâilla en louchant vers le divan auquel ses ravisseurs l'avaient arraché. Ne vous tracassez pas, commandant ; avec un télépathe de ma classe, nous finirons bien par les découvrir.

***

Après une bonne nuit de repos et un copieux petit déjeuner, Rhodan fit connaître son intention de se rendre au jardin zoologique pour une première inspection.

Tandis qu'une voiture venait le chercher, L'Emir partit de son côté. Quittant l'hôtel, il commença d'errer dans les rues, vêtu de son seul pelage. Trulan était le point de rendez-vous des races les plus diverses ; personne ne lui prêta donc beaucoup d'attention. Un hybride de castor et de mulot dodu n'était en rien plus bizarre qu'un Bérénicien insectiforme drapé dans une toge de couleur vive ou que les indigènes de Gradosima qui, respirant chez eux une atmosphère de chlore, ne se déplaçaient ici qu'ensachés dans un lourd spatiandre ; leur arrogance était proverbiale. Lorsque L'Emir croisa deux chats-pards de Bêta IV du Sagittaire, il jugea plus prudent de faire un détour : qui sait s'ils n'avaient pas un faible pour les souris ?...

Les Arras et les Francs-Passeurs ne réagissaient pas davantage à l'aspect du mulot. Bien peu d'entre eux avaient eu l'occasion d'apercevoir le serviteur de Sa Hautesse l'inspecteur d'Arkonis dont la disparition, de plus, n'avait pas été officiellement signalée.

L'Emir restait en éveil, sondant l'esprit des passants ; il y trouva bien des pensées curieuses ou amusantes, mais qui n'entraient pas dans le cadre de sa quête. Il n'intervint qu'une seule fois, en croisant un Arra qui marchait à grands pas, furieux : l'homme méditait, tout simplement, d'assassiner sa femme. Il le suivit et, comme il passait auprès d'un agent de police, obligea l'époux irascible à lui décocher une gifle magistrale. Comme il fallait s'y attendre, l'Arra fut immédiatement arrêté pour outrage à un représentant de la force publique et emmené au poste. Lorsqu'il se retrouverait à l'air libre, il aurait eu tout loisir d'oublier son accès de colère et de pardonner à sa femme.

Satisfait de sa bonne action, le mulot continua sa promenade.

Il arriva dans les bas quartiers et commença de perdre sa belle humeur : ses pauvres petites pattes n'étaient pas faites pour de si longues marches. Il songea à se téléporter sur le toit d'un immeuble voisin, mais on aurait pu le remarquer. Il s'en abstint donc, mais, s'accordant toutefois un instant de repos, il entra dans un restaurant.

Marshall avait dû, selon toute vraisemblance, se ménager une retraite dans cette partie de la ville où la population était des plus mêlées et soucieuse de discrétion.

Il trouva une table libre près d'une fenêtre, s'assit avec un soupir et se commanda une gigantesque portion de crudités.

Quelques clients se retournèrent pour l'examiner ; il leur sourit aimablement, lisant en eux la simple curiosité qu'éveille la vue d'une créature de race différente. Rassuré sur ce point, il savoura son repas ; à défaut de carottes, les légumes de Tolimon se révélaient d'une qualité fort honorable.

Le soleil brillait dans un ciel sans nuages. L'Emir, l'estomac plein, se sentait en paix avec lui-même et le reste du monde ; puis un incident le tira de sa béatitude.

A la table voisine, plusieurs Arras se penchèrent l'un vers l'autre et commencèrent de se parler à voix basse, manifestant une certaine émotion et jetant dans la rue des coups d'œil inquiets.

L'Emir suivit leurs regards : des monstres de six mètres de long pour le moins suivaient l'un des trottoirs ; ils ressemblaient à d'énormes mille-pattes et marchaient sur leur arrière-train, la partie antérieure de leur corps se redressant pour un tiers ; leur tête plate et vipérine se balançait par saccades.

Des Froghs.

Marshall avait signalé qu'on les utilisait comme gardiens du zoo. Il avait eu bien du mal à leur échapper lors de sa fuite avec Laury et le comte.

Que faisaient ces deux-là dans ce quartier perdu ?

Disposant d'un langage articulé, ces créatures étaient donc douées d'intelligence ; il serait possible de lire dans leur cerveau. L'Emir tendit une antenne télépathique. Les Froghs recherchaient trois fugitifs : un Franc-Passeur, qui leur avait causé bien de la tablature, une jolie femme blonde en possession d'une ampoule de médicament volé et, enfin, un pensionnaire du zoo évadé grâce à leur aide.

Marshall, Laury, Rodrigo.

L'Emir venait enfin de relever la piste.

***

Rhodan commençait à s'ennuyer ferme au ministère du zoo où il se trouvait depuis deux heures ; les fonctionnaires avaient fait preuve d'une impitoyable minutie dans l'établissement des dossiers concernant chaque spécimen gardé dans chaque section de la réserve : origine, mode de vie, habitudes, particularités physiques, examens médicaux, il n'y manquait aucun détail.

Rhodan en examina quelques-uns au hasard ; se montrant à la fois rogue et tatillon, il sentait croître de minute en minute la hargne de ses interlocuteurs ; le peu de sympathie qu'ils pouvaient éprouver pour l'Empire fondait comme neige au soleil. Ils avaient de plus en plus de mal à conserver une amabilité de commande.

Vers le milieu de la journée, il daigna s'interrompre et réclama un repas que, pour tenter de l'amadouer, les Arras s'appliquèrent à lui servir copieux et digne du plus fin gourmet. L'Emir (ils en étaient convenus à l'avance) tenterait à ce moment, de prendre contact avec lui, ce qui ne manqua pas.

— *Commandant ?*

— *J'écoute.*

— *Du nouveau ! Je tiens une piste : deux Froghs sont sur les traces des nôtres. Ils supposent qu'ils sont dans la ville; je m'attache à leurs pas. Ils connaissent leur précédente retraite.*

— *Où êtes-vous ?*

— *Dans les bas quartiers.*

— *Marshall y aurait-il habité ? Essayez de le découvrir. N'importe quel indice peut nous être précieux.*

— *Comptez sur moi. Et vous ?*

— *Tout va bien, oui, merci ; mais je me réjouis de n'être pas devenu fonctionnaire.*

— *Ah ? Un stellarque n'est pas un fonctionnaire ?*

Rhodan crut entendre le rire pointu de L'Emir comme celui-ci interrompait l'entretien.

***

Les deux Froghs ondulaient rapidement dans le dédale des ruelles. L'Emir, sur ses courtes pattes, avait du mal à les suivre. Les passants, à la vue des gardiens redoutés du zoo, s'aplatissaient contre les murs ou, s'ils en avaient le temps, disparaissaient dans la plus proche entrée. Tous semblaient avoir mauvaise conscience. L'Emir les sonda : en fait, ils n'avaient rien de particulier à se reprocher ; la seule vue des Froghs, simplement, suffisait à susciter un malaise chez le plus honnête citoyen.

Ils s'arrêtèrent soudain.

L'Emir, certes, ne comprenait pas leur langue, mais il lisait dans leurs pensées. Il s'y employa, resté de l'autre côté de la rue, tandis qu'ils se concertaient.

— Si nos renseignements sont bons, nous ne devrions plus être loin.

— Oui, mais où exactement ?

— Interrogeons les locataires, une maison après l'autre.

— Peut-être auront-ils remarqué le trio.

— Bon. Je prends cet immeuble.

— Et moi celui-ci.

Ils se séparèrent. L'Emir ne broncha pas ; mais les poils de sa nuque se hérissèrent lorsqu'un des monstres défila devant lui en l'effleurant d'un regard inquisiteur avant de pénétrer dans la maison.

Ils devaient posséder un indice concernant Marshall. Ce dernier, toutefois, ne se trouvait certainement pas dans le voisinage, songeait l'Emir ; il aurait sans cela capté ses pensées. L'enquête des Froghs allait-elle les mener dans une impasse ? L'affaire valait d'être suivie de près.

Il jeta un coup d'œil autour de lui. La rue était pratiquement déserte et vidée par le passage des deux indésirables ; il ne courait donc pas un trop grand risque à se dématérialiser. Ce qu'il fit. Il émergea dans une chambre pauvrement meublée, derrière le dos d'une femme en vêtements élimés, penchée sur une casserole où mijotait quelque ragoût.

Il se téléporta de nouveau, un étage au-dessus.

Toujours en vain.

Après une vingtaine de « sauts », il se retrouva dans un grenier où il prit le temps de souffler un peu. Une quête de ce genre n'avait pas de grandes chances d'aboutir, n'étant guidée que par le seul hasard. Les Froghs, pourtant, devaient avoir eu leurs raisons de chercher les fugitifs dans le voisinage immédiat.

L'Emir soupira et, résigné, reprit ses recherches.

Une heure plus tard, il atterrissait dans une mansarde au quinzième étage. Elle était vide et apparemment inhabitée, car le placard ouvert ne contenait aucun vêtement ; le lit était défait, des couvertures traînaient sur deux autres couchettes de fortune qui ne devaient, semblait-il, pas faire partie du mobilier initial. Une odeur flottait dans la pièce dont frémit le nez subtil de l'Emir.

Il y avait un petit objet sur la tablette au-dessus du lavabo ébréché : un flacon de verre finement taillé.

L'Emir plissa les yeux, puis il saisit le flacon et le renifla. Le bouchon manquait ; quelques gouttes de liquide doré demeuraient encore au fond de la bouteille. Avec un grognement de satisfaction, il la renversa sur sa paume qu'il passa ensuite sur le pelage de sa poitrine. Un arôme délicieux s'en exhala, qu'il respira à loisir.

Il se dandina vers la fenêtre par laquelle il jeta le petit flacon ; mais celui-ci, au lieu de tomber dans la rue, monta comme une alouette au haut du ciel. Il relâcha son emprise télékinésique : le verre s'écraserait sur le sol et nul ne pourrait plus en tirer le moindre indice.

— Oh ! ces femmes ! Pas plus de prudence que de cervelle ! grommela L'Emir.

Mais, en même temps, il goûtait avec ravissement la subtile fragrance du parfum de Laury.

« Je suis maintenant sûr qu'ils ont séjourné ici », songea-t-il, en commençant de fouiller la chambre.

Un flux mental toujours plus net vint alors le troubler. Quelqu'un montait l'escalier, se glissait le long du couloir et s'arrêtait devant la porte.

Marshall ?

Non, un Frogh. L'Emir, curieux de la suite des événements, se glissa dans le placard dont il ramena le battant sur lui. Le mille-pattes géant pénétra dans la pièce, l'étudiant de ses yeux vigilants et rusés.

L'Emir, qui l'observait par le trou de la serrure, frissonna. Comment la nature pouvait-elle produire pareille horreur ? Les sangliers à trompe de Vénus semblaient par comparaison à de charmantes bestioles... A ce physique regrettable s'ajoutait un caractère que l'on pouvait, à tout le moins, qualifier de peu amène. Bref, les Froghs n'étaient pas faits pour éveiller la sympathie.

L'Emir se glissa hors l'armoire et demanda :

— Que cherchez-vous ici ?

Le Frogh pivota sur lui-même si vite qu'il en perdit presque l'équilibre. Deux de ses pattes supérieures, plus longues et terminées par de redoutables griffes, s'ouvraient et se fermaient, prêtes à saisir ce petit animal brusquement apparu.

— Quoi ? Qui ? Qu'est-ce ? grogna-t-il dans sa langue.

— Je vous ai demandé ce que vous cherchiez ici, répliqua L'Emir en intergalacte. Dans mon appartement.

Le Frogh s'était repris :

— Ordre de la police d'Etat, répliqua-t-il. Un Franc-Passeur a-t-il dernièrement habité dans cette pièce ?

— J'aimerais d'abord savoir qui vous êtes ?

Le Frogh parut si surpris que l'Emir s'abandonna à l'hilarité, ce qui ne fut nullement du goût de son visiteur. Avec un sifflement de rage, il détendit l'une de ses palpes pour s'emparer de lui.

— Je suis un Frogh, vermine ! Et, si je ne me trompe, ta place serait au zoo plutôt qu'en liberté. Je me charge de t'y conduire.

— Je vous conseille de ne pas me toucher, menaça le

mulot en reculant d'un pas. Et maintenant, répondez à la question que je vous ai posée, vous, espèce de canalisation d'égout ambulante.

Le Frogh lutta pour retrouver sa respiration ; un tel manque de respect lui avait coupé le souffle.

— Tu t'en repentiras, vermine. (Son vocabulaire d'injures semblait se limiter à ce seul mot.) Je vais te livrer aujourd'hui même à la direction du zoo. Sais-tu ce qui t'y attend ?

— Cela ne m'intéresse pas le moins du monde. Et maintenant, pour la dernière fois, répondez à mes questions ! Sinon, je vous fais passer par la fenêtre.

Le Frogh commença, de rage, à trembler de tout son corps, ce qui en faisait long : il remplissait presque la pièce à lui tout seul. L'Emir remarqua avec intérêt que, sous le coup de l'émotion, sa peau épaisse comme un vieux cuir pâlissait jusqu'au rose le plus tendre.

— Malheureux ! s'exclama le Frogh. Comment oses-tu ?

— Mais enfin, qui vous a permis de me tutoyer ? s'emporta le mulot. Je m'en vais vous rendre la pareille. Bon. Tu cherches un Franc-Passeur. Pourquoi ici, en particulier ? Allons ! J'écoute. Ou il t'en cuira.

Le mulot commençait, peu à peu, de perdre patience. En outre, il se rendait bien compte qu'il avait brûlé ses vaisseaux : il ne pouvait, en aucun cas, permettre au Frogh de rendre compte à ses supérieurs de leur rencontre.

— Le Franc-Passeur ? répéta ce dernier. Qu'est-ce que tu sais du Franc-Passeur que, moi, je cherche ?

— Moi, je pose les questions. Compris ? Comment as-tu trouvé sa trace ?

Mais le Frogh n'avait nulle envie de dévoiler ses secrets. Ses pensées, heureusement, parlaient pour lui. L'Emir se lissa les moustaches.

— Ha, ha ! dit-il. Un autre Passeur l'a dénoncé.

Comment ? Vous l'avez torturé ? Et il en est mort ? Mes compliments ! Vous êtes des assassins. Et pour rien, s'il vous plaît, car il vous a menti. Personne n'habite en ces lieux, sinon moi.

Le Frogh contemplait avec stupeur ce minuscule adversaire qui semblait si bien lire dans son esprit. Perplexe, il eut recours au plus frappant des arguments : la force. De tout son poids, il s'abattit sur la bête pelue.

Que se passa-t-il alors ? Il eut vaguement l'impression d'être saisi dans un maelström et brutalement rejeté à l'autre bout de la pièce. Fou de rage, il se redressa et revint à l'attaque.

Mais le mulot n'avait nulle envie de se colleter avec l'horrible bête. Le mille-pattes géant commença de pousser des cris aigus lorsqu'il se trouva tout à coup flottant à un mètre du plancher. Son cuir coriace, de rose tendre, passait à la pourpre cardinalice.

Son effroi grandit encore lorsqu'il commença de dériver en direction de la fenêtre qui s'ouvrait à quinze étages de la rue.

L'Emir n'hésita pas davantage. Ce cruel gardien du zoo avait mille fois mérité la mort ; en outre, il n'en tirerait rien de plus que ce renseignement déjà fort utile : Marshall avait trouvé refuge auprès des Francs-Passeurs qui entretenaient à Tolimon un réseau d'agents secrets, une sorte de mafia. Il y était en sécurité relative, pour l'instant du moins.

Le Frogh, en dépit de ses efforts pour se raccrocher au cadre de la fenêtre, se retrouva entre ciel et terre. Ensuite de quoi les habitants des bas quartiers de Trulan purent jouir d'un spectacle extraordinaire : celui d'un Frogh volant qui, jailli d'une mansarde, naviguait avec élégance au-dessus des toits. Il exécuta quelques tonneaux dignes du meilleur pilote acrobatique, monta en flèche à plus de trois cents mètres, puis alla s'écraser en plein champ, hors des limites de la ville.

Personne ne connut jamais, par la suite, le fin mot de cette énigme.

L'Emir avait déjà regagné la chambre de Rhodan à qui il lança un message télépathique pour l'informer des événements.

Le cercle se resserrait autour de Marshall et de ses compagnons ; car ce n'était plus maintenant qu'une question de temps pour les retrouver.

Dédaignant le divan, le mulot s'étendit sur le lit moelleux et s'étira paresseusement. Soudain, un influx mental d'une extraordinaire puissance l'arracha aux délices d'un sommeil bien gagné.

— *Par toutes les nébuleuses de la galaxie ! Que Rhodan tarde encore et ces forbans me prendront jusqu'à ma dernière chemise !...*

L'Emir sifflota, horriblement faux, une chanson gaillarde, puis établit sans plus tarder le contact avec John Marshall.

CHAPITRE XII

La pièce n'était éclairée que par une mauvaise lampe et un faible rayon de soleil tombant d'une ouverture grillagée sous le plafond.

Cinq personnes étaient assises en silence autour de la table de bois grossier. Deux hommes barbus, aux visages durs et tannés, se tenaient l'un près de l'autre, examinant sans aménité leurs trois autres compagnons. Marshall, lisant dans leurs pensées, se disait qu'il allait lui falloir jouer serré : les deux Passeurs n'étaient plus à présent que des Marchands galactiques, ou plutôt des marchands tout court, chez qui l'âpreté au gain faisait taire tout autre sentiment.

Laury Marten le savait tout comme lui ; ses yeux en amande s'attardaient avec inquiétude sur son bien-aimé Rodrigo. Celui-ci ne portait plus son splendide costume d'hidalgo du XVIIe siècle, reproduit avec exactitude jusque dans les moindres détails par les tailleurs arras travaillant pour le zoo ; on aurait pu le prendre pour n'importe quel marin de l'espace n'eût été son épée qu'il s'obstinait à garder au côté : ne se devait-il pas de rester armé pour défendre sa dame des innombrables périls qui la menaçaient ?

Remarquant l'inquiétude de la jeune femme, il posa doucement sa main sur la sienne.

— Ne craignez rien, ma douce ; nous sommes venus à bout des Froghs. Pourquoi ne nous tirerions-nous pas non plus des griffes de ces rapaces infâmes ?

Marshall lui jeta un bref regard d'avertissement : les Passeurs ignoraient l'espagnol qu'employait le comte, mais le ton de ses paroles suffisait largement à trahir la piètre opinion qu'il avait d'eux. Or, ce n'était guère le moment de les pousser à bout. Rodrigo comprit et maîtrisa son déplaisir.

L'attente finissait par leur briser les nerfs. Marshall, en particulier, en arrivait au bord du désespoir. Quand recevrait-il donc un message de Rhodan enfin venu à leur secours ? Depuis qu'il avait quitté sa retraite des bas quartiers, il ne se sentait plus en sécurité. En outre, l'appui que leur avaient d'abord apporté les Francs-Passeurs devenait de plus en plus précaire : ils ne prenaient même plus la peine de cacher leur mauvais vouloir.

— Très bien, Berzan, dit-il en s'adressant au plus âgé des Passeurs, autant discuter de la situation. Nous sommes embarqués sur la même galère. Vous pouvez évidemment nous dénoncer au gouvernement local, mais ce serait vous dénoncer en même temps. Les Arras sont vos ennemis et les nôtres. Vous, vous voulez être payés pour continuer à nous fournir de l'aide ; nous, nous n'avons pas d'argent. Mais, dans quelques jours, je vous en donnerai plus même que vous ne pourriez en dépenser en un siècle.

Berzan passa les doigts dans sa barbe grise ; ses yeux rusés n'étaient plus que deux fentes minces.

— Et d'où vous viendra cet argent ? Qui me dit que vous ne me mentez pas ? Tullin et Egmon nous ont mis en garde. Ils prétendent que vous êtes capable de lire dans les pensées.

— Ah ! je serais donc un télépathe ? Laissez-moi rire ! Dans ce cas, n'aurais-je pas percé à jour, depuis longtemps, vos projets de trahison ? Serais-je venu vous trouver pour vous demander secours, m'en remettant à vous sans hésiter ? Non, Berzan. L'assertion de vos deux amis est absurde.

— Je me suis tenu le même raisonnement, Ixt ; mais, d'un autre côté, nous sommes en droit d'exiger de vous un meilleur salaire, car nous risquons toujours plus gros à vous protéger. La moitié de la planète vous donne la chasse, la police est en alerte, flairant le moindre indice : l'un d'eux finira peut-être par la mener au but et ce sera tant pis pour nous.

— Je comprends parfaitement vos craintes ; mais, après tout, ce n'est plus que l'affaire de quelques jours et vous serez alors définitivement débarrassés de nous.

L'autre Passeur se pencha en avant, les deux coudes sur la table.

— Et où irez-vous ? Qui vous procurera l'argent que vous nous promettez ?

Marshall soupira. Il lisait dans l'esprit de Rodrigo combien celui-ci s'irritait de ce marchandage. S'il en venait aux mains avec les Passeurs, l'affaire ne manquerait pas de tourner mal pour lui : épée contre radiant, la partie était trop inégale.

— Contentez-vous de nous garder ici en otages, Faran, dit-il, jusqu'à l'arrivée de celui qui vous remettra notre rançon. Plus d'argent, je vous le répète, que vous n'en rêvez. Prenez patience, Faran (il se tourna vers le comte) et vous aussi, Rodrigo.

Les deux hommes, depuis leur rencontre dans le désert, étaient devenus d'excellents amis. Berceo était maintenant au courant des dons paranormaux de John et de Laury. Il laissa retomber sa main qu'il crispait sur la garde de son épée, courba lentement la tête et murmura en espagnol :

— J'aurais grande joie à les embrocher ; mais si vous

jugez séant que je m'en abstienne, je ne me salirai donc pas les mains à trucider ces écorcheurs.

— Que dit-il ? demanda Berzan avec méfiance.

— Que c'est aujourd'hui même, à son avis, que notre agent se manifestera.

— Espérons-le, grogna Berzan. Nous allons vous quitter à présent, mais ne vous avisez pas de nous jouer le moindre tour. La maison est bien gardée : tenter de prendre la fuite ne vous avancerait à rien, car la police de Trulan en serait immédiatement informée. Nous disposons d'autres cachettes et il ne nous serait pas difficile de brouiller nos traces. Il n'en irait pas de même pour les vôtres.

Il se leva et, Faran sur les talons, quitta la pièce. La porte retomba derrière eux, la clef tourna dans la serrure. Les trois Terriens se retrouvèrent seuls.

Rodrigo serrait les poings.

— Par le dieu Soleil de ma mère, pourquoi faut-il donc plier l'échine devant ces forbans des étoiles ?

— Je le déplore autant que vous, Rodrigo, mais nous n'avons pas d'autre solution. (L'Australien, tête basse, commença de marcher de long en large.) Si seulement je savais dans quel quartier de Trulan nous nous trouvons ! Il faisait nuit lorsque les Passeurs nous ont amenés ici.

— Dans un faubourg, je suppose, intervint Laury qui s'était tue jusque-là.

Elle tendit la main et serra tendrement celle de Rodrigo. Marshall lui jeta un regard noir.

— Un faubourg ou ailleurs, lança-t-il, cela vous importe peu, n'est-ce pas ? Vous seriez heureuse en enfer pourvu que votre prince charmant s'y trouve avec vous ! Je n'ai rien contre les romans d'amour, mais c'est tout de même le vôtre qui nous a fait perdre la dernière chance de connaître un jour la formule exacte du sérum de survie.

— Nous en possédons un échantillon, répliqua

Laury. Une seule ampoule, je vous l'accorde, mais nos savants sauront bien l'analyser.

— Encore faudrait-il que nous puissions la leur apporter, lui rappela l'Australien. Ne nous berçons pas d'illusions : nous sommes perdus si le commandant ne vient pas à notre secours. Or nous ne captons rien de lui, pas une pensée, rien. Je ne comprends pas.

— C'est que nous n'avons pratiquement pas eu l'occasion d'émettre de notre côté ; nous n'étions jamais seuls, uniquement occupés de notre fuite. Nos impulsions mentales ont dû se perdre parmi la masse de celles des habitants de Trulan. Concentrons-nous ; peut-être établirons-nous le contact. Rhodan devrait déjà se trouver sur Tolimon. Notre dernier appel à l'aide remonte à huit jours.

— Oui, quand notre hypercom est tombé en panne, approuva Marshall, amer. Soit ! mettons notre inaction forcée à profit, appelons Rhodan. Les Passeurs ne tarderont pas à venir nous relancer. Ils ne nous laissent pas une minute en paix.

— Hélas ! oui, soupira Berceo, en se penchant pour embrasser Laury.

Marshall étouffa un juron.

— Rodrigo, je vous demande en grâce de bien vouloir ne pas distraire Laury. Il faut qu'elle se concentre en même temps que moi, si nous ne voulons pas croupir dans ce trou pour le restant de notre existence. Nos deux esprits doivent se renforcer mutuellement pour lancer un signal perceptible. Rhodan n'est que faiblement télépathe, L'Emir lui-même aurait du mal à discerner notre influx parmi tant d'autres.

La mutante s'arracha doucement aux bras du bien-aimé.

— Il a raison, Rodrigue ; nous sommes en mission, notre devoir est de ramener cette ampoule de sérum à

Terrania. Nous aurons tout le temps, là-bas, d'être heureux. Mais, pour l'instant, je dois aider John.

— Voilà qui est mieux, Laury, dit Marshall, vous redevenez raisonnable.

Rodrigo fronça les sourcils.

— Il ne me plaît guère de vous voir nous séparer de la sorte, John, mais vous êtes mon ami et je sais, tout comme vous, m'incliner devant les exigences du devoir. Que Laury se joigne donc à vous pour cet appel sans paroles dont nous viendra peut-être le salut. Mais moi, que ferai-je, pendant ce temps ?

Marshall, soulagé, sourit.

— Rien, Rodrigo. Pourquoi ne pas vous étendre sur ce canapé et dormir un peu ? Réparez vos forces, vous en aurez besoin bientôt, soit qu'il nous faille combattre nos ennemis, soit...

Il n'acheva pas sa phrase : Laury, qui se concentrait déjà, feignit d'ignorer le sous-entendu.

— Soit ! Je vais suivre votre conseil et me reposer ; mais réveillez-moi s'il y a du nouveau.

Le comte s'allongea sur une banquette. Un instant plus tard, il dormait à poings fermés.

***

Rhodan renvoya la voiture et monta directement à sa chambre.

L'Emir l'y attendait avec impatience.

— Vous voilà enfin, commandant ! Pas trop tôt ! Marshall réclame notre aide. J'ai pu déterminer dans quelle direction il se trouve, mais naturellement pas à quelle distance. Il va falloir me téléporter.

— Dangereux !... J'ai prix contact avec lui de mon côté, annonçant notre venue le plus rapidement possible. J'ai eu beaucoup de mal à me dépêtrer d'une invitation du gouverneur qui tenait absolument à me faire visiter le zoo en détail. Cet empressement m'a paru suspect : il était trop aimable pour avoir la conscience tranquille.

Le mulot ne l'écouta même pas ; il suivait son idée.

— Je vous répète qu'il me faudra me téléporter : c'est le seul moyen efficace ; lorsque je sentirai l'influx mental derrière moi, cela signifiera que j'ai dépassé le but. Je n'aurai qu'à refaire la route en sens inverse, maison par maison.

— Et moi ? Je resterai à l'hôtel à me morfondre ?

— Et quoi d'autre ?

Le visage de Rhodan s'assombrit.

— Je crains, mon cher garçon, que vous n'ayez pas une vue très claire de la situation. Certes, nous sommes ici sous un excellent déguisement qui n'a pas éveillé le moindre soupçon. Mais les Arras sont gens prudents ; j'ai surpris une conversation entre deux officiers : le gouvernement de Tolimon s'est enquis à Arkonis des antécédents d'un certain inspecteur Hristol. Est-il nécessaire de vous préciser ce qui nous attend lorsqu'il recevra la réponse ?

— Les carottes seront cuites, soupira L'Emir. Moi qui les préfère crues...

— Les lenteurs de la paperasserie officielle nous permettent probablement d'espérer un délai de grâce ; mais mieux vaut ne pas trop y compter. Plus tôt nous prendrons le large, mieux cela vaudra.

— Alors, que faire ? Dois-je vous téléporter en même temps que moi ?

— Non. Je vais prendre un taxi tout simplement, un gyrobulle, et vous suivre d'une étape à l'autre ; nous resterons en contact mental. Marshall, quant à lui, n'a qu'à continuer d'émettre pour que nous le repérions ; nous ne risquons plus, désormais, de perdre sa trace. Personne ne s'étonnera de me voir sortir seul ; on pensera que je veux me livrer à une petite inspection.

L'Emir soupira et quitta la tiédeur du lit.

— *Marshall, m'entendez-vous ? Nous nous mettons en route ; pour que je ne perde pas votre direction, continuez de penser, récitez la table de multiplication ou racontez-vous des histoires inracontables, peu m'importe. Ce qui compte, c'est qu'un de vous reste éveillé. Compris ?*

— *Compris.* (Le message était double, Laury émettant elle aussi.) *Mais hâtez-vous et apportez de quoi payer les Passeurs.*

Sur sa nuque, les poils du mulot se hérissèrent en crête.

— *Quoi ! Ces pattes-croches !...*

Rhodan intervint :

— *Faites-leur prendre patience, je me charge de négocier avec eux.*

L'Emir haussa les épaules.

— Vous avez la manie de négocier, commandant, alors que la manière forte serait préférable en pareil cas. Elle nous épargnerait bien des désagréments.

— Pas plus de désagréments que votre manie des plaisanteries déplacées, L'Emir. De plus, je préfère que vous ne vous montriez pas lors de l'entrevue avec les Passeurs ; n'oubliez pas que jadis un certain mulot de ma connaissance n'a pu leur laisser que le plus désagréable souvenir. Votre vue risquerait de leur rafraîchir la mémoire.

— C'est trop injuste, commandant, protesta L'Emir. J'ai joué les imbéciles en pleine lumière et maintenant que nous allons délivrer nos amis et moissonner les lauriers, vous voulez que je rentre dans l'ombre ? Non ! Non ! Je vous accompagne.

Rhodan leva les sourcils.

— Vous voilà bien décidé, mon cher. Vous est-il indifférent de nous mettre tous en danger ?

— N'exagérez rien. Les Arras, qui ont eu jadis affaire à moi, eux aussi, ne m'ont pas reconnu. Pourquoi ces Passeurs me reconnaîtraient-ils ? Aucun d'eux n'a sans doute jamais entendu parler de la Terre ni de mes exploits. Je tiens votre prudence pour très exagérée.

Rhodan était l'homme des décisions rapides. Après tout, le mulot n'avait pas tort et il lui devait bien cette petite satisfaction d'amour-propre. Il céda donc.

— Très bien, L'Emir, vous avez gagné. Agissons de concert.

Le mulot se garda de manifester trop ouvertement sa satisfaction. Il aida Rhodan à remplir sa valise, puis, lorsqu'elle fut prête, s'informa avec une humilité feinte :

— O mon seigneur et maître ! Dois-je me charger de votre bagage à la sueur de mon front ou me contenterai-je de le téléporter à bord du *Koos-Nor ?*

— Question stupide, misérable ver de terre ! Disparais !

L'Emir s'évapora ; un instant plus tard, il était de retour, annonçant :

— Tout va bien. Nul ne semble surveiller le yacht ; je vous signale simplement que j'ai remarqué quelques petits navires de guerre à l'ancre maintenant, comme par hasard, sur les pistes extérieures du spatioport.

— Etrange, murmura Rhodan. Il est trop tôt pour qu'ils aient pu recevoir une réponse d'Arkonis et ils se garderont bien jusque-là de me manifester trop ouvertement leur méfiance.

— Bah ! nous allons en avoir terminé. Qu'attendons-nous ? Je grille d'envie de rencontrer ce Rodrigo briseur de cœurs.

— Méfiez-vous, L'Emir. Un Espagnol, surtout lorsqu'il est, comme ce Berceo, de bonne noblesse du XVIIe siècle, a le sang chaud et l'honneur chatouilleux. Et il est probablement dépourvu de tout sens de l'humour, en particulier de l'humour tel que vous avez la fâcheuse habitude de le pratiquer. Qu'il se croie insulté, et l'affaire se règle par un duel. Et je ne sais pas, L'Emir, de quelle force vous êtes à l'épée...

— Insulter cet hidalgo ? protesta L'Emir. Loin de moi ce projet. Si l'on ne peut même plus plaisanter !...

— Méfiez-vous tout de même. Et maintenant, ne perdons plus de temps. La nuit tombera dans trois ou quatre heures ; il nous faut les avoir découverts d'ici là.

— Jeu d'enfant !

Ils sortirent. Une fois dans le couloir, L'Emir reprit l'allure humble du serviteur bien stylé, à trois pas derrière son maître ; trois pas qui en devinrent quatre et davantage, car Rhodan marchait à grandes enjambées.

— Vous pourriez aller moins vite ! N'avez-vous aucune pitié de mes pauvres petites pattes ? protesta-t-il aigrement lorsque Rhodan s'arrêta sur le seuil de l'hôtel, attendant le taxi qu'il avait appelé. La prochaine fois, je me téléporterai et tant pis si vous restez le bec dans l'eau.

— Cessez donc de récriminer, jeta Rhodan du coin des lèvres.

Il prit place dans la cabine. Le pilote manifesta un respectueux étonnement à la vue du prestigieux uniforme de son passager. Le mulot monta à l'arrière, grommelant toujours.

— *Maintenant, taisez-vous, Mimir ! Oubliez de tenir votre rôle, et ce sera la dernière fois que je vous emmène en mission.*

La menace télépathique fit son effet ; le mulot, vexé, se rencogna sur les coussins, établissant un barrage autour de ses pensées qui ne devaient pas être, songea Rhodan, des plus flatteuses à son égard. Mais qu'importait. La vanité de L'Emir et sa propension à n'en faire qu'à sa tête exigeaient de temps à autre un ferme rappel à l'ordre.

— Piquez droit vers le nord, dit-il au pilote, je vous avertirai quand il conviendra que vous changiez de direction. Volez lentement, à la plus basse altitude possible. Je veux voir la ville en détail.

— Je suis aux ordres du noble inspecteur.

Rhodan dédaigna de répondre ; la gyrobulle décolla pour se maintenir à une cinquantaine de mètres au-dessus du sol. Cette partie de Trulan ne comportait ni tours ni gratte-ciel, mais des maisons basses et de vastes parcs.

L'influx mental de Laury n'était plus perceptible ; seul Marshall émettait encore, sautant d'une idée à l'autre. On devinait facilement l'effort qu'il s'imposait pour ne pas s'endormir et, comme il faisait encore grand jour, Rhodan en conclut que les fugitifs devaient avoir vécu des heures éprouvantes.

***

Berceo s'éveilla comme Marshall le secouait. Laury se frotta les yeux.

— Ils sont maintenant juste au-dessus de nous ! (L'Australien, d'un geste, montrait le plafond.) Rhodan et L'Emir. Nous sommes dans une villa isolée, en bordure de la ville. Il s'agit sans doute d'une de ces retraites que les Francs-Passeurs se sont ménagée à Trulan.

— L'Emir est là ? s'exclama joyeusement Laury. Quel bonheur pour nous ! L'Emir est un vrai héros, je l'adore !

Que le mulot fût la coqueluche de toutes les femmes, nul ne l'ignorait, sauf Rodrigo. Celui-ci jeta à Laury un regard lourd de soupçons.

— Qui est ce héros que vous adorez ? demanda-t-il. (Et sa main, déjà, caressait la poignée de son épée.) Ne suis-je pas, autant que lui, capable de vous protéger ? Aurais-je un rival en votre cœur ?

Marshall étouffa un rire.

— Laury a raison, dit-il. L'Emir est un personnage prestigieux ; pas une seule femme, je crois, n'a jamais refusé de le couvrir de caresses. Pourquoi Laury ferait-elle exception à cette règle ? Il vous faudra bien vous incliner, Rodrigo.

— Jamais ! Jamais je n'accepterai un tel partage. Je suis prêt à défendre mon amour à la pointe de mon épée.

— Vous n'en sortiriez pas vainqueur : L'Emir est un de nos meilleurs mutants.

Le comte sembla déçu.

— Ah ? Un de ces hommes dotés de pouvoirs étranges ? La Terre a beaucoup changé, en mon absence.

Laury posa la main sur la sienne.

— Mais l'amour n'a pas changé, Rodrigo. John plaisantait. Vous comprendrez tout à l'heure pourquoi votre alousie envers L'Emir ne peut être que sans motif. Mais, attendez un instant, nous sommes en contact.

— *Nous allons nous poser dans le voisinage,* émettait Rhodan. *Que faire du pilote ?*

— *Amenez-le,* répondit Marshall ; *nous l'enfermerons ici avant de nous enfuir avec la gyrobulle. C'est simple.*

— *Et les Passeurs qui vous surveillent ?... Après tout, je suis en grand uniforme d'inspecteur, ils croiront que je viens par hasard et n'oseront me résister. Combien sont-ils ?*

— *Il doit en rester trois dans la maison.*

— *Nous verrons bien.*

Un quart d'heure s'écoula et la porte s'ouvrit soudain à la volée : Berzan se précipita dans la pièce.

— L'inspecteur d'Arkonis ! haleta-t-il. Il a atterri dans le parc et se dirige vers la maison. Savez-vous ce qu'il peut nous vouloir ?

Marshall hocha la tête avec un calme de mauvais augure.

— Peut-être, Berzan, peut-être. Et ne vaudrait-il pas

mieux pour nous tous, et pour vous en particulier, que nous nous mettions d'accord avant son arrivée ?

— Mais n'avons-nous pas toujours été d'accord? s'exclama le Passeur dans un bel élan d'innocence. Nous nous garderons bien, naturellement, d'avertir l'Arkonide de votre présence ici. D'ailleurs, comment pourrait-il en avoir le moindre soupçon ?

L'Australien souriait avec ironie.

— Pourquoi tant de mystères, Berzan? Ne vous avais-je pas dit que nous comptions sur une visite ?

— Vous ne voulez pas dire que... ?

— Mais si, justement. Hâtons-nous d'aller à la rencontre de l'inspecteur, Berzan, sinon, Sa Hautesse risquerait fort de s'impatienter.

Le Passeur hésita une seconde.

— Vous ne prétendez tout de même pas que c'est là celui que vous attendez ?

— Vous allez en juger.

Berzan leur ouvrit grande la porte. Si cet arrogant oiseleur ne bluffait pas, peut-être allait-il être enfin payé — et bien payé — de ses peines. Que pouvait demander de plus un honnête Passeur ?

Marshall et ses compagnons se sentaient également pleins d'espoir : dans quelques minutes, ils seraient libres; dans quelques heures, ils auraient quitté Tolimon.

C'était chanter trop tôt victoire et compter sans les mauvais tours que le hasard ne se plaît que trop souvent à jouer.

CHAPITRE XIII

Accompagnés de quelques serviteurs et d'un personnel de choix, Glogol, inspecteur de l'Empire en mission de routine, se dirigeait vers le système de Revnur, où il se poserait sur Tolimon, la deuxième planète.

Deux croiseurs lourds lui faisaient escorte ; lui-même naviguait à bord d'un yacht en tout point pareil au *Koos-Nor*.

Glogol était un Arkonide de pure race et de vieille noblesse ; son intelligence et la rapidité de ses décisions lui valaient d'avoir la confiance du Régent.

— Appelez Tolimon, ordonna-t-il au radio. Prévenez de notre visite. J'exige une réception officielle. Que l'on mette à ma disposition une résidence convenable. Je compte sur la présence du gouverneur lui-même pour m'accueillir au spatioport.

— Tout de suite, Votre Hautesse.

Quelques minutes plus tard, le radio réapparaissait, la plus profonde surprise peinte sur le visage.

— Votre... votre Hautesse, bégaya-t-il, le responsable du spatioport de Tolimon exige de vous parler avant de nous accorder l'autorisation d'atterrir.

Glogol en resta pantois, puis il bondit, frémissant de colère.

— Que dis-tu ? Rébellion envers un inspecteur ! Les

Arras méditeraient-ils une nouvelle révolte ? Cette inconcevable insolence...

— Ils disent aussi, hasarda le radio, qu'il s'agit de la mesure VB-17.

L'attitude de Glogol se transforma comme par enchantement.

— Imbécile ! Pourquoi ne me l'as-tu pas aussitôt précisé ? Cela change tout. Très bien, je vais leur parler.

Lorsqu'il se planta devant l'écran où apparaissait le long visage osseux d'un Arra, celui-ci observa attentivement les cheveux clairs et les yeux d'ambre rouge de son interlocuteur et, surtout, les broderies d'or de son magnifique uniforme ; il semblait éprouver une surprise sans bornes qu'il ne tentait pas de cacher.

— Vous êtes bien réellement un inspecteur ? murmura-t-il. Pourquoi donc Arkonis nous envoie-t-il deux inspecteurs à la fois ?

Glogol sursauta.

— Quoi ? Deux inspecteurs ? Que voulez-vous dire ?

— Depuis hier, l'inspecteur Hristol séjourne sur Tolimon, Votre Hautesse ; il vérifie la bonne gestion de notre zoo.

— Ah ! Hristol ? Eh bien ! j'espère que ce Hristol aura la courtoisie de se trouver au spatioport lorsque mon yacht s'y posera !

— C'est qu'il doit être en ce moment en tournée d'inspection ; nous n'arrivons pas à le joindre.

Glogol sourit. L'impudence de cet inconnu qui osait se parer du titre d'inspecteur l'amusait ; puis, très vite, il retrouva son sérieux. Un inconnu capable d'un tel coup d'audace n'était peut-être pas un adversaire à dédaigner. Il fallait immédiatement le mettre hors d'état de nuire.

— Le soi-disant inspecteur Hristol est un imposteur, dit-il froidement. Arrêtez-le. J'atterris immédiatement, la réception officielle peut attendre. De mon côté, j'envoie à l'instant même un rapport au Régent.

— Nous en avons déjà envoyé un nous-mêmes, Votre Hautesse. Mais deux réponses et, partant, deux sûretés, valent mieux qu'une.

Glogol devina la méfiance de l'Arra et devint blême. Ces maudits médecins, voilà qu'ils le suspectaient, lui, et ne prenaient même pas la peine de jeter un voile de politesse sur ces doutes insultants ! Ils s'en repentiraient.

Puis il se calma et dut reconnaître qu'une telle méfiance était préférable à trop de crédulité. Si l'on se mettait à la place des Arras, elle était même très justifiée.

Après tout, ils ne connaissaient pas comme lui tous les inspecteurs de l'Empire par leur nom. Un Hristol n'était pas du nombre.

Il alerta les deux croiseurs qui se tinrent prêts au combat, tandis que lui-même plongeait avec son yacht dans l'atmosphère de Tolimon.

Presque au même moment, la réponse des Trois-Planètes parvenait à Trulan.

Il n'existait pas d'inspecteur Hristol.

***

Rhodan et le mulot descendirent du taxi et regardèrent autour d'eux. La maison se trouvait dans une rue tranquille des faubourgs nord. Une immense pelouse s'étendait alentour, bordée d'arbustes fleuris et d'arbres épais et très hauts qui la dissimulait aux regards des passants.

Le pilote se pencha hors de sa cabine.

— Dois-je attendre Votre Hautesse ?

— Venez avec nous, répliqua Rhodan. Je tiens à être certain de n'avoir pas à retourner en ville à pied.

— Mais, Votre Hautesse…, commença le pilote d'un ton de reproche.

L'Emir l'interrompit.

— Vous, descendez ! Les désirs de mon maître sont des ordres. N'avez-vous jamais entendu parler du Centre d'expérimentation du zoo ? Vous pourriez très bien vous y retrouver comme cobaye.

Le pilote se mit à trembler de tous ses membres et sauta si vite à terre qu'il faillit s'étaler dans l'herbe haute.

Rhodan marchait le premier. Rien ne bougeait dans la maison que l'on aurait pu croire vide, sans l'influx mental de l'Australien qu'ils captaient avec une netteté parfaite.

— *Nous sortons à votre rencontre, commandant. Les Passeurs se méfient, ils nous accompagnent.*

— *Un inspecteur saura leur inspirer une crainte salutaire !*

Il n'était plus qu'à une vingtaine de mètres de la façade lorsque la porte s'ouvrit. Un barbu s'encadra sur le seuil. D'un geste de la main, il parut interdire à quelqu'un qu'on ne voyait pas de le suivre. Il s'avança seul vers les arrivants ; il n'avait d'autre arme qu'un radiant à la ceinture, dans un étui. Sa surprise, en regardant Rhodan, se mêlait de respect. Elle demeurait de la surprise tout court à l'égard de l'Emir, qui en fut ulcéré.

— Un inspecteur d'Arkonis, murmura-t-il. Nos amis ne nous avaient donc pas menti.

— Des amis qui sont aussi les miens. Vous leur êtes venus en aide et vous souhaitez maintenant recevoir la juste récompense des services rendus. Je vous affirme que vous serez payés dès que nous serons hors de danger. Me croyez-vous ?

Le Passeur hocha la tête.

— Je me nomme Berzan, inspecteur. Une question : êtes-vous vraiment inspecteur ?

Rhodan lut la méfiance dans l'esprit de son interlocuteur ; celui-ci ne parvenait pas à découvrir quels liens pouvaient bien unir l'Arkonide aux trois prisonniers.

— En doutez-vous ? Les Trois-Phanètes ont leurs agents partout ; ceux-ci remplissent une mission sur l'ordre du Régent. Pourquoi vous en étonner ?

Berzan caressa machinalement la crosse de son arme. Il n'avait nullement l'intention de s'en servir ; L'Emir resta donc dans l'expectative.

— Je ne m'en étonnerais pas si, voici deux minutes à peine, la police de Trulan n'avait déclenché l'alerte générale. Arkonis vient d'informer le gouvernement de Tolimon qu'il n'existe aucun inspecteur Hristol. Vous ne pouvez donc être qu'un imposteur. On vous recherche. La police ne va certainement pas tarder à relever la piste qui la mènera jusqu'à cette maison.

Rhodan remarqua la stupeur qui se peignait sur le visage du pilote du taxi, qui écoutait de toutes ses oreilles ; sans s'y attarder, il sourit au Franc-Passeur.

— Vous avez raison. Je ne suis ni inspecteur ni Arkonide. Et vous n'aimez pas les Arkonides, Berzan, je le sais. Pourquoi me livreriez-vous à eux ? Ne sont-ils pas, avec les Arras, nos ennemis communs ?

Mais Berzan ne se laissait pas si facilement convaincre.

— Je n'hésite pas à faire la contrebande des médicaments et toute affaire m'est bonne quand c'est une bonne affaire ; il en va de même pour le chef de mon clan, le patriarche Rohun. Nous n'aimons pas les Arkonides, c'est vrai, mais nous reconnaissons la puissance de l'Empire. Or vous luttez contre l'Empire, vous et vos gens. Il nous est impossible de travailler avec vous plus longtemps. Le danger me semble trop grand, je vous l'avoue tout net. Payez-moi et partez. Cela vaudra mieux pour tout le monde.

Rhodan admira la franchise du Passeur qui ne lui était pas antipathique. Il était inutile d'essayer de le faire revenir sur sa décision.

— Très bien. Vous recevrez votre salaire, Berzan. Où sont les miens ?

Le Passeur se retourna et fit un signe vers la maison.

— Faran, amène les étrangers. Ils sont libres.

Rhodan tira de sa poche un portefeuille bien garni et le tendit au barbu. Celui-ci en vérifia le contenu et laissa échapper un sifflement d'aise.

Faran s'approchait, suivi de Marshall, de Laury et du comte.

L'Australien ne cachait pas son soulagement.

— Un sauvetage de la dernière minute, commandant ; nous n'étions plus en sûreté ici. Les Passeurs commençaient à trouver l'histoire trop risquée. Merci d'être venu... Oh ! une minute. Laury souhaiterait joindre ses remerciements aux miens ; nous voudrions également vous présenter le comte de Berceo.

Laury devint rouge comme une pivoine ; elle savait Rhodan au courant de ses amours et n'était pas sans craindre son jugement. Il la rassura d'un sourire.

Puis il tourna son attention vers le comte.

Rodrigo salua, aussi cérémonieusement que le lui permettait l'absence de son grand chapeau à plume.

— Que je suis heureux de rencontrer enfin le stell...

— Pas de titre ! coupa Rhodan.

— Veuillez me pardonner, j'allais, dans ma joie, oublier la prudence. Sachez, toutefois, que *doña* Laury n'a cessé de me vanter vos mérites. Mon épée et ma vie vous appartiennent.

Tout en parlant, il jetait autour de lui de rapides coups d'œil, puis, n'y tenant plus, ajouta :

— Mais où donc est ce fameux héros, ce séducteur

irrésistible dont on m'a également parlé ? Je ne le vois pas.

— L'Emir ?

— Oui, c'est bien son nom.

Laury s'était penchée vers le mulot et lui grattait doucement le menton.

— L'Emir ? Le voilà ! Comprenez-vous, maintenant, Rodrigo, ce que votre jalousie avait d'absurde ? J'adore L'Emir parce qu'il est merveilleux... un merveilleux mulot.

Mais L'Emir, pour une fois, ne se rengorgea pas au compliment. Il semblait n'avoir pas entendu, n'ayant d'yeux que pour le comte.

— Eh ! piailla-t-il, qu'est-ce que c'est que cet instrument que vous traînez au côté ? Les broches ne sont plus bonnes que pour les barbecues ; de nos jours, un tel morceau de ferraille a sa place au musée.

— L'Emir ! protesta Laury. Comment pouvez-vous vous moquer ainsi ? Rodrigo est de première force à l'épée...

— Et il va vous le prouver, rat insolent ! Eh bien ! défendez-vous !

Le comte avait dégainé. Laury poussa un cri strident et se jeta entre eux.

— Non, Rodrigo ! Non, L'Emir !

Les deux Passeurs ne levèrent même pas la tête : ils étaient beaucoup trop occupés à inventorier en détail le contenu du portefeuille. L'Emir se dandinait sur ses courtes pattes et semblait s'amuser beaucoup.

— Me défendre ? Mais de quoi, mon fils ? Votre coupe-chou a quatre siècles de retard. Voyez plutôt...

Berceo éprouva au poignet un choc si violent que sa lame lui échappa. Stupéfait, il la vit s'envoler dans les airs, puis revenir se planter près de lui dans le tronc d'un arbre.

Laury sanglotait ; puis une juste colère la saisit.

L'Emir, jubilant de sa plaisanterie, faillit se téléporter trop tard : le vent de la gifle lui courba les moustaches comme un champ de seigle sous l'orage.

— Ne le prenez donc pas si mal, protesta-t-il. Si l'on ne peut même plus s'amuser un peu... Après tout, Berceo, je ne voulais que vous rendre service en vous enseignant que les méthodes de combat ont changé depuis Cortez.

Laury, qui regrettait déjà son mouvement d'humeur, en profita pour confirmer :

— Vous pouvez le croire, Rodrigo. Il ignore le sens du mot tact et se plaît à vous jouer les tours les plus pendables ; mais nous savons tous quel excellent cœur se cache derrière cette mauvaise tête. Pour l'amour de moi, Rodrigo, ne lui tenez pas rigueur. Et vous, L'Emir, allons, un bon mouvement !

Le comte et le mulot se toisèrent, puis, d'un même geste, ils tendirent l'un la patte et l'autre la main, scellant ainsi leur réconciliation.

Pendant que se déroulait la scène, personne n'avait fait attention au pilote du taxi ; celui-ci en profita pour s'élancer soudain vers sa gyrobulle, y sauter et décoller en flèche.

— Je le ramène ? proposa L'Emir, qui se concentra pour une brève téléportation.

— Inutile, dit Rhodan. Laissons-le prévenir les Arras ; lorsqu'ils arriveront ici, nous aurons depuis longtemps quitté la place. Notre piste n'en sera que mieux brouillée.

Il se tut. Un troisième Passeur sortait de la maison. Ses cheveux roux flamboyaient au soleil. Il se planta devant Rhodan, puis l'examina de la tête aux pieds.

— Ainsi donc, dit-il, vous êtes l'imposteur !

— Y trouveriez-vous à redire, mon ami ?

Le barbu roux se mit à rire.

— Moi non ; mais d'autres sont plus pointilleux sur la

question de votre identité. Je vous suggère de chercher sans perdre une minute une meilleure retraite où vous dissimuler, car un yacht de grand luxe et deux croiseurs lourds battant pavillon de l'Empire viennent de se poser au spatioport de Trulan. L'inspecteur Glogol sera certainement ravi de faire, dans le plus bref délai, la connaissance de son noble collègue.

— Vous êtes Tullin, n'est-ce pas ? Merci pour votre conseil. Nous n'allons pas nous attarder, en effet. Souhaitez-vous autre chose ?

— Rien. Sinon que vous disparaissiez d'ici. L'endroit va sous peu grouiller de policiers ; nous préférons qu'ils ne vous y trouvent pas. Compris ?

— Vous êtes d'une franchise rafraîchissante, Tullin. Je ne puis vous donner tort. (Rhodan fit signe à ses compagnons.) Venez, comte, n'oubliez pas votre épée ; elle rouillerait dans ce tronc d'arbre. Quant à vous (il se retourna vers les Passeurs), votre aide nous a été précieuse, nous ne saurions en exiger davantage de vous. Adieu.

Ils s'éloignèrent. L'Emir fermait la marche, ses antennes tendues : toute la ville, s'il en jugeait par les influx mentaux qu'il percevait, s'agitait comme un nid de guêpes irritées.

La chasse était commencée.

***

Lorsqu'ils eurent acquis la certitude qu'ils avaient été les victimes d'un audacieux imposteur, les Arras se sentirent à la fois humiliés et furieux. Glogol, de son côté, envoya un rapport circonstancié au Régent. Nul ne comprenait pourquoi l'on l'avait pris la peine de monter une telle supercherie.

Des patrouilles sillonnèrent Trulan, mais, lorsqu'elles arrivèrent à la villa où le pilote du taxi affirmait avoir déposé le faux inspecteur, les policiers durent constater qu'elle n'était habitée que par un haut fonctionnaire du zoo, maintenant en retraite et au-dessus de tout soupçon, qui jura ses grands dieux ne rien savoir de l'affaire. Le pilote, troublé, finit par se convaincre qu'il avait dû se tromper.

CHAPITRE XIV

Les fugitifs gagnèrent l'abri d'un petit bois et tinrent conseil.

— Comment allons-nous quitter la planète ? demanda Marshall. Notre seul chemin de fuite passe par le spatioport.

— Exactement, convint Rhodan. L'Emir va s'y rendre et voir ce qu'il en est du yacht. Grâce aux télécommandes, je puis l'amener ici, mais il me faut d'abord savoir si les Arras n'ont pas jugé bon de l'ancrer au sol par des rayons tracteurs. Le faire décoller dans ces conditions risquerait de l'endommager gravement.

Le mulot avait dressé l'oreille.

— J'y vais, commandant ? Tout de suite ?

Rhodan hocha la tête.

— Oui. Mais prenez garde, L'Emir ; Trulan est sur le pied de guerre.

— Je me téléporterai dans le poste central, nul ne se doutera de ma présence.

Et il s'évapora, à la grande stupeur du comte qui s'habituait mal à ce genre de sorcellerie.

Un instant plus tard, il se manifestait.

— *Je suis à bord,* émit-il. *Le terrain fourmille de soldats et de policiers ; l'inspecteur — le vrai — vient d'arriver et examine le* Koos-Nor. *Que dois-je faire ?*

— *Le yacht peut-il décoller ?*

— *Parfaitement. On ne soupçonne pas que vous pouvez le manœuvrer à distance.*

— *Très bien. Revenez.*

Le mulot obéit. Berceo sursauta en le voyant réapparaître à deux pas de lui. Il jeta un coup d'œil à Laury et songea qu'il ne pouvait lui offrir plus belle preuve d'amour que de supporter stoïquement les faits et gestes de ce rat à éclipses.

Ce dernier complétait son rapport.

— Il faudrait nous hâter, commandant, car j'ai capté une pensée de Glogol. Il se propose de faire sauter votre barrage énergétique, même au risque d'endommager gravement la coque ; une perquisition lui apportera, espère-t-il, des éclaircissements sur votre identité.

Rhodan avait déjà tiré de sa poche une petite boîte de métal ; il en régla les curseurs et pointa la minuscule antenne en direction du yacht. Enfin, il abaissa un levier.

— Ne va-t-on pas donner la chasse au *Koos-Nor* en le voyant décoller ? demanda Marshall, soucieux. Dans ce cas, comment ferons-nous pour embarquer ?

— Vous avez raison, John. J'ai donc prévu, si nécessaire, une manœuvre de diversion. Mais, voyons d'abord ce qui va se passer.

Les quatre Terriens et le mulot, cachés dans leur abri de feuillage, fixèrent le ciel que le crépuscule commençait à obscurcir.

Le yacht ne tarda pas à se montrer au-dessus de la ville, survola les faubourgs et, à vitesse réduite, piqua vers la forêt.

Plusieurs points brillants ne cessaient de grossir dans son sillage : les vedettes de la police, sans doute.

— C'est bien ce que je pensais, murmura Rhodan. L'Emir, téléportez-vous à bord et dites-moi ce qu'il en est exactement.

— *J'y suis déjà.*

Berceo soupira, réprimant l'envie, à la première occasion favorable, de clouer au sol d'un bon coup d'épée la large queue plate de ce petit drôle, qui en perdrait peut-être l'habitude de disparaître et de réapparaître à tout propos et hors de propos.

— *Je suis dans le poste central,* annonçait le mulot ; *l'écran protecteur est branché, les Aras attaquent.* (Il y eut une courte pause, puis il reprit :) *J'ai également branché les récepteurs. Glogol a appelé ses deux croiseurs ; il va les lancer dans la bataille : notre* Koos-Nor *doit être détruit. Vos ordres ?*

Rhodan manœuvra un levier. Ses compagnons virent le yacht changer de cap et filer en direction du soleil couchant.

— L'Emir, prévenez-moi quand la mer sera en vue et restez à bord, quoi qu'il arrive. Vous ne courez aucun danger.

Rhodan avait parlé à haute voix, par égard pour Berceo qui n'était pas télépathe ; celui-ci ne perçut donc pas la réponse de l'Emir.

— *Le danger ? Connais pas !*

Les vedettes de police avaient changé de cap, elles aussi, une surprise attendait leurs pilotes.

Deux minutes plus tard, L'Emir se manifesta.

— *Je suis au-dessus de la mer.*

— *Bien. Le yacht va brusquement piquer du nez et tomber en feuille morte ; bouclez soigneusement votre ceinture, L'Emir. Attention : dans dix secondes.*

De nouveau, il actionna le levier. A plus de deux cents kilomètres de distance, le yacht infléchit sa route, la rétablit péniblement, puis, d'un seul coup, plongea vers les flots où il s'abîma dans un grand jaillissement d'écume.

Un observateur en conclurait que les propulseurs et le gouvernail s'étaient déréglés à la fois. Glogol en fut immédiatement informé et s'en réjouit. L'insolent imposteur perdait, avec son astronef, tout moyen de quitter la planète ; il n'était plus, maintenant, que de le découvrir.

La police redoubla d'efforts.

*
* *

Durant la chute du yacht, L'Emir se trouva en apesanteur, mais ses sangles le fixaient solidement au siège du pilote. La manœuvre consistant à chercher refuge dans la mer n'était pas nouvelle. Dans ce cas, une nef et ses passagers ne risquaient rien ou presque, les champs d'absorption amortissant totalement le choc.

— *Nous coulons,* annonça L'Emir ; *les écrans passent du vert au noir, la profondeur doit être déjà grande.*

— *Je vais stabiliser le yacht,* répondit Rhodan, *que la pression ne devienne pas trop forte. Vos poursuivants ont pris le large. Si vous voulez, vous pouvez revenir.*

— *Ne vaut-il pas mieux que je reste encore un peu à bord ? Là-bas, dans votre forêt, vous êtes coupés du reste du monde ; ici, je puis écouter la radio. Je saurai quels ordres donneront Glogol et consorts pour s'emparer de vous.*

Rhodan hésita un instant, puis il admit :

— *Soit ! Mais je vous attends dans une demi-heure.*

L'Emir se frotta les pattes, puis il établit un barrage mental. Le commandant n'avait pas besoin de savoir qu'il allait brancher un magnétophone qui lui répéterait tout à l'heure les messages captés par radio. Lui-même avait, pour l'instant, plus important à faire : l'âme sereine, il se téléporta dans la cambuse qu'il savait bien garnie.

Même le plus vaillant mulot a parfois besoin de refaire ses forces.

***

L'activité aérienne au-dessus de Trulan avait beaucoup diminué une fois la nuit venue ; on ne voyait plus, çà et là, que les feux de position de rares vedettes en patrouille et, beaucoup plus haut, de quelques unités de plus fort tonnage ; quant aux deux croiseurs, ils avaient dû se placer sur orbite.

Des heures passèrent. Tout était calme sous les arbres. Marshall veillait, lui aussi, le dos appuyé à un tronc. L'Emir, roulé en boule sur ses genoux, dormait d'un sommeil agité ; ses longues moustaches frémissaient parfois. Peut-être rêvait-il d'ennemis à pourfendre ou, plus vraisemblablement, de carottes à dévorer.

Berceo dormait, lui aussi, Laury étroitement serrée dans ses bras.

« Ils forment un beau couple, songea Rhodan ; mais qu'adviendra-t-il d'eux si nous rallions Terrania sans obstacle ? Berceo saura-t-il s'adapter à notre siècle ? Il aura tant à apprendre... Mais, après tout, comme a dit jadis un auteur célèbre : « S'il a besoin d'un professeur, il a déjà une maîtresse. »

Le stellarque sourit. Il serait toujours temps, plus tard, de s'occuper de ce problème ; pour l'instant, il leur fallait quitter Tolimon. Il reprit le boîtier de téléguidage.

Le yacht, peu après, descendit lentement au-dessus de la forêt pour se poser dans une petite clairière, sans le moindre bruit.

Rhodan tendit ses antennes télépathiques ; mais, si attentivement qu'il écoutât, il ne percevait aucune pensée dans le voisinage. Nul n'avait dû remarquer l'arrivée du navire.

Il se dirigea vers le yacht dont la coque luisait faiblement à la clarté des étoiles, encore ruisselante d'eau de mer, et il ouvrit le sabord. L'échelle de coupée se déroula. Il revint alors vers ses compagnons et les réveilla.

Moins de cinq minutes plus tard, le *Koos-Nor* décollait.

Aux commandes, Rhodan poussait au maximum les blocs-propulsion ; une fois atteinte la vitesse de la lumière, la plongée dans l'hyperespace les mettrait définitivement hors d'atteinte. L'Emir, dans le fauteuil du copilote, surveillait les cadrans et supputait leurs chances de rentrer sains et saufs à Terrania : le départ du yacht ne serait très probablement détecté que trop tard, les Arras, continuant de chercher l'imposteur et ses complices en ville, ne surveillaient plus guère la route du ciel.

Tout se passerait bien, il n'en doutait pas.

Et dès le retour, se promit-il, son premier soin serait de faire livrer, pour la cave, déjà bien garnie, de sa villa sur les rives du lac de Goshun, plusieurs caisses de ce petit vin d'agréable mémoire : il le savourerait alors à loisir, n'ayant eu, victime du devoir, qu'à peine le temps de le goûter sur Vénus...

FIN

Achevé d'imprimer en mai 1986
sur les presses de l'Imprimerie Bussière
à Saint-Amand (Cher)

— N° d'impression : 1201. —
Dépôt légal : 1er trimestre 1981.
Imprimé en France

PUBLICATION MENSUELLE